U0097408

古典詩歌研究彙刊

第二三輯

龔鵬程 主編

第4冊

賀鑄詞接受史（上）

張巽雅 著

國家圖書館出版品預行編目資料

賀鑄詞接受史（上）／張巽雅 著 — 初版 — 新北市：花木蘭文
化事業有限公司，2018〔民 107〕
目 6+164 面；17×24 公分
（古典詩歌研究彙刊 第二三輯；第 4 冊）
ISBN 978-986-485-281-9（精裝）
1.（宋）賀鑄 2. 宋詞 3. 詞論
820.91   107001410

ISBN-978-986-485-281-9

9 789864 852819

古典詩歌研究彙刊
第二三輯　第 四 冊　　　　　ISBN：978-986-485-281-9

賀鑄詞接受史（上）

作　　者　張巽雅
主　　編　龔鵬程
總 編 輯　杜潔祥
副總編輯　楊嘉樂
編　　輯　許郁翎、王筑　美術編輯　陳逸婷
出　　版　花木蘭文化事業有限公司
發 行 人　高小娟
聯絡地址　235 新北市中和區中安街七二號十三樓
　　　　　電話：02-2923-1455／傳眞：02-2923-1452
網　　址　http://www.huamulan.tw 信箱 hml 810518@gmail.com
印　　刷　普羅文化出版廣告事業
初　　版　2018 年 3 月
全書字數　211501 字
定　　價　第二三輯共 14 冊（精裝）新台幣 22,000 元

賀鑄詞接受史(上)

張巽雅　著

作者簡介

張巽雅，出生於臺灣桃園，國立成功大學中國文學所碩士。現職為桃園市國小教師。

提　　要

　　本論文以賀鑄及其詞作為研究對象，援用西方接受美學理論，並以讀者為中心之概念，分析歸納歷代讀者對賀鑄詞的接受與反應，以架構賀鑄詞於歷代所呈顯的詞史地位與藝術價值。全文共分六章，各章要旨如下：

　　第一章「緒論」：統整前人研究成果，闡明研究之動機與目的、方法與範圍、價值與侷限。

　　第二章「賀鑄詞之傳播接受」：以計量分析的方式，統合歷代詞選、詞譜擇錄賀詞之情形，析論歷代對賀鑄詞的審美觀念與接受態度。

　　第三章至第四章「賀鑄詞之評騭接受」：爬梳歷代論及賀鑄之詞學資料，諸如詩話、詞話、筆記、詞籍（集）序跋、論詞長短句、論詞絕句、評點資料等，統整各項論點，以展現歷代詞論對賀鑄詞之接受面向。

　　第五章「賀鑄詞之創作接受」：分析歷代詞人和韻、仿擬、集用賀鑄之詞，並從「興」之角度，探析歷代文人對賀鑄〈橫塘路〉一詞之共鳴作品，比較後人在用韻句式、題材內容、藝術風格上對賀詞之學習仿效，以建構歷代文人對賀詞接受並再創作之情形。

　　第六章「結論」：總述歷代對賀鑄詞在傳播、評騭、創作接受三面向之要點，歸結賀鑄詞於歷代接受中所展現的特色與接受程度之消長，並建構賀鑄〈橫塘路〉一詞的經典地位。

目

次

第一章 緒 論

第一節 研究動機與目的

　　詞體發展自唐五代開端，至兩宋為詞的全盛期；賀鑄（1052～1125），字方回，號慶湖遺老，為北宋詞家，當時詞壇的成就，就小令的創作而言，自溫、韋至晏、歐等人的開拓，藝術技巧已臻至爐火純青的境界；至於慢詞方面，柳永始大量創作，使慢詞形式得以聲稱於世；之後蘇軾以豪放之姿，突破歌詞創作傳統，括寬詞的內容意境。由於諸位詞人的努力，宋詞在題材內容或藝術風格等方面皆呈現百花爭艷的繁榮景象。〔註1〕賀鑄身處這般詞體興盛時期，在創作的表現上能鎔鑄前人之長，開展出屬於自己的獨特面貌。

　　論及賀鑄於詞史上之地位，王兆鵬、劉尊明〈歷史的選擇——宋代詞人歷史地位的定量分析〉〔註2〕一文，通過存詞、版本、品評、研究、歷代詞選、當代詞選等六大資料加以統計整理，北宋詞人中，賀鑄之存詞數僅次於蘇軾，但品評數量則落至十名以外；賀詞於歷代

〔註1〕參閱陶爾夫、諸葛憶兵著：《北宋詞史》（哈爾濱：黑龍江教育出版社，2002年7月），頁378。

〔註2〕王兆鵬、劉尊明：〈歷史的選擇——宋代詞人歷史地位的定量分析〉，《文學遺產》，1995年第4期，頁50。

之詞論呈現毀譽參半的情形，如劉體仁《七頌堂詞繹》嘗云：「若賀方回非不楚楚，總拾人牙慧，何足比數。」〔註3〕王國維曾曰：「北宋名家，以方回爲最次。其詞如歷下、新城之詩，非不華贍，惜少眞味。」〔註4〕皆是對賀鑄詞有所批判。然而陳廷焯《白雨齋詞話》曾評賀詞爲「神品」〔註5〕；龍楡生〈論賀方回詞質胡適之先生〉曰：「無論就豪放方面，婉約方面，感情方面，技術方面，內容方面，音律方面，乃至胡氏素所主張之白話方面，在方回詞中蓋無一不擅勝場；即推爲兼有東坡、美成二派之長，是亦不爲過譽。」〔註6〕是評賀鑄的詞風多樣，並推尊賀詞於至高的地位。歷來詞論家給予賀鑄的評價褒貶不一，甚爲特殊的現象。

　　臺灣學界研究賀鑄者，多評述詞人及其詞風特色、詞史地位，未以讀者接受之角度入手。大陸學者雖有探究後人接受賀詞之概況與成因，如趙曉輝〈歷代賀鑄詞評價及解析〉、邱保證〈20世紀賀鑄詞在研究領域所受冷落及其原因〉；然其研究方法並未以接受美學理論爲基礎，且關注面向僅侷限於批評接受之範疇，至若賀鑄詞於歷代詞選中的傳播現象是如何發展，文學家對賀詞如何運用，其創作接受的面向與方法具何特性，又賀鑄詞於歷史洪流中被接受的消長情形如何，至今未見有相關研究。因此本論文運用西方接受美學理論，以詞作傳播、論述評騭、仿傚創作三端著手，多元且全面的探求賀鑄詞於各代的接受程度與消長情形，以完整架構歷代對賀鑄詞之接受史。

〔註3〕清・劉體仁撰：《七頌堂詞繹》，見錄於唐圭璋編，《詞話叢編》，冊1，頁620。

〔註4〕王國維著、施議對譯注：《人間詞話譯注》（臺北：貫雅出版社，1995年5月），頁203。

〔註5〕清・陳廷焯撰：《白雨齋詞話》，卷1，見錄於唐圭璋編：《詞話叢編》，冊4，頁3786。

〔註6〕龍楡生：《龍楡生詞學論文集》（上海：上海古籍出版社，1997年7月），頁315。

第二節　前人研究成果概述

一、接受史之研究現況

（一）以接受史為題之論文（不含詞學接受）

　　二十世紀是批評的時代，以十九世紀實證主義為批判發軔，提倡作品本體批評，而接受美學則又將焦點轉移到讀者身上，推出文學研究的新模式。〔註7〕研究主體自原創作者為中心，逐步轉向以讀者接受為主軸，重視讀者自身的感悟。學界對接受理論的應用與研究，漸趨多元面向的發展，就其研究層面可歸納作「以作者為接受主題」、「以作品為接受主題」、「以文體、流派、文學理論、時代性文學為接受主題」三端，其中以作者為接受對象之論文與專著最夥，以作品為接受主題居次，茲臚列如次：

1、以作者為研究主題

表1-1：以作者為接受主題之期刊論文、研究專著、學位論文
　　　　一覽表

出版類型	作者／篇名	年代
期刊論文	蕭華榮〈千秋萬歲名，寂寞身後事——文學批評史上的李白〉〔註8〕	1995
	王衛平〈魯迅接受與解讀的接受學闡釋及重建策略——魯迅接受史研究〉〔註9〕	2001
	焦雨虹〈胡適的「接受史」〉〔註10〕	2005

〔註7〕聯邦德國・H.R.姚斯、美・R.C.霍拉勃著，周寧、金元浦譯：《接受美學與接受理論・譯者前言》（瀋陽：遼寧人民出版社，1987年9月），頁1。

〔註8〕蕭華榮：〈千秋萬歲名，寂寞身後事——文學批評史上的李白〉，《華東師範大學學報（哲學社會科學版）》，1995年6期，頁138～145。

〔註9〕王衛平：〈魯迅接受與解讀的接受學闡釋及重建策略——魯迅接受史研究〉，《魯迅研究月刊》，2001年11期，頁28～32。

〔註10〕焦雨虹：〈胡適的「接受史」〉，《江淮論壇》，2005年4期，頁136～141。

出版類型	作者／篇名	年代
期刊論文	嚴寶瑜〈貝多芬在中國的接受史初探〉〔註11〕	2007
	陳友冰〈李賀詩歌接受現象初探〉〔註12〕	2008
	楊再喜〈中興詩人對柳宗元詩歌的接受——以陸游為例〉〔註13〕	2009
	羅春蘭、張潔〈千古流傳「江鮑體」——江淹對鮑照的接受及其貢獻〉〔註14〕	2009
	張安琪〈日本平安時代對白居易詩歌的接受〉〔註15〕	2010
	楊慧〈清代「紅樓夢」八家評批譾論——從接受與闡釋視閾分析〉〔註16〕	2010
	楊再喜〈晚唐五代時對柳宗元的接受及其影響〉〔註17〕	2010
	李麗嫱〈徐渭生命化的創作及接受史研究〉〔註18〕	2010
	莫軍苗〈金元柳宗元文章接受史〉〔註19〕	2011
	謝佩芬〈宋祁對韓愈的接受——以重新、探源、校改為中心的討論〉〔註20〕	2011

〔註11〕嚴寶瑜:〈貝多芬在中國的接受史初探〉,《音樂研究》第3期(2007年9月),頁43～55。

〔註12〕陳友冰:〈李賀詩歌接受現象初探〉《淡江中文學報》第18期(2008年6月),頁89～113。

〔註13〕楊再喜:〈中興詩人對柳宗元詩歌的接受——以陸游為例〉,《蘭州學刊》,2009年11期,頁206～208。

〔註14〕羅春蘭、張潔:〈千古流傳「江鮑體」——江淹對鮑照的接受及其貢獻〉,《江西社會科學》,2009年12期,頁86～90。

〔註15〕張安琪:〈日本平安時代對白居易詩歌的接受〉,《湖北成人教育學院學報》,2010年2期,頁89～90。

〔註16〕楊慧:〈清代「紅樓夢」八家評批譾論——從接受與闡釋視閾分析〉,《大連大學學報》第31卷第3期(2010年6月),頁33～36。

〔註17〕楊再喜:〈晚唐五代時對柳宗元的接受及其影響〉,《新疆社會科學》,2010年第5期,頁93～97。

〔註18〕李麗嫱:〈徐渭生命化的創作及接受史研究〉,《大視野》,2010年15期,頁20～21。

〔註19〕莫軍苗:〈金元柳宗元文章接受史〉,《柳州師範學報》第26卷第2期(2011年4月),頁22～25。

〔註20〕謝佩芬:〈宋祁對韓愈的接受——以重新、探源、校改為中心的討論〉,《師大學報》第56卷第1期(2011年3月),頁83～113。

出版類型	作者／篇名	年代
期刊論文	陳建忠〈一個接受史的視角——賴和研究綜述〉〔註21〕	2011
研究專著	蔡振念《杜詩唐宋接受史》〔註22〕	2002
	李劍鋒《元前陶淵明接受史》〔註23〕	2002
	楊文雄《李白詩歌接受史》〔註24〕	2003
	劉學鍇《李商隱詩歌接受史》〔註25〕	2004
	朱麗霞《清代辛稼軒接受史》〔註26〕	2005
	劉中文《唐代陶淵明接受研究》〔註27〕	2006
	羅秀美《宋代陶學研究：一個文學接受史個案的分析》〔註28〕	2007
	米彥青《清代李商隱詩歌接受史稿》〔註29〕	2007
學位論文	李妮庭《閑樂：宋初白居易接受研究》〔註30〕	2003
	羅春蘭《鮑照詩接受史研究》〔註31〕	2004
	舒剛波《沈從文接受史研究（1925年～1949年)》〔註32〕	2005

〔註21〕陳建忠：〈一個接受史的視角——賴和研究綜述〉，《文訊》，2011年
　　3月，頁52～55。
〔註22〕蔡振念：《杜詩唐宋接受史》（臺北：五南書局，2002年2月）。
〔註23〕李劍鋒：《元前陶淵明接受史》（濟南：齊魯書社，2002年9月）。
〔註24〕楊文雄：《李白詩歌接受史》（臺北：五南書局，2003年3月）。
〔註25〕劉學鍇：《李商隱詩歌接受史》（合肥：安徽大學出版社，2004年8
　　月）。
〔註26〕朱麗霞：《清代辛稼軒接受史》（濟南：齊魯書社，2005年1月）。
〔註27〕劉中文：《唐代陶淵明接受研究》（北京：中國社會科學出版社，2006
　　年7月）。
〔註28〕羅秀美：《宋代陶學研究：一個文學接受史個案的分析》（臺北：秀
　　威資訊科技出版，2007年1月）。
〔註29〕米彥青：《清代李商隱詩歌接受史稿》（北京：中華書局，2007年7
　　月）。
〔註30〕李妮庭：《閑樂：宋初白居易接受研究》（花蓮：國立花蓮教育大學
　　碩士論文，2003年6月）。
〔註31〕羅春蘭：《鮑照詩接受史研究》（上海：復旦大學博士論文，2004年
　　4月）。
〔註32〕舒剛波：《沈從文接受史研究（1925～1949年)》（北京：中央民族大
　　學碩士學位論文，2005年4月）。

出版類型	作者／篇名	年代
學位論文	洪迎華《劉柳詩歌明前傳播接受史研究》〔註33〕	2006
	白愛平《姚賈接受史》〔註34〕	2006
	米彥青《清代李商隱詩歌接受史稿》〔註35〕	2006
	董繼兵《阮籍詩歌接受史研究》〔註36〕	2006
	王芳《清前謝靈運詩歌接受研究》〔註37〕	2007
	王巖《李賀詩歌宋元接受史研究》〔註38〕	2007
	陳偉文《清代前中期黃庭堅詩接受史研究》〔註39〕	2007
	宗頂俠《元稹詩歌接受史研究》〔註40〕	2008
	李宜學《李商隱詩接受史重探》〔註41〕	2008
	盧華燕《晚唐賈島接受史論》〔註42〕	2008
	曾金承《韓愈詩歌唐宋接受研究》〔註43〕	2008

〔註33〕洪迎華：《劉柳詩歌明前傳播接受史研究》（武漢：武漢大學博士論文，2006年3月）。

〔註34〕白愛平：《姚賈接受史》（西安：陝西師範大學大學博士論文，2006年9月）。

〔註35〕米彥青：《清代李商隱詩歌接受史稿》（杭州：蘇州大學博士論文，2006年10月）。

〔註36〕董繼兵：《阮籍詩歌接受史研究》（湖北：華中師範大學碩士學位論文，2006年11月）。

〔註37〕王芳：《清前謝靈運詩歌接受研究》（上海：復旦大學博士論文，2007年6月）。

〔註38〕王巖：《李賀詩歌宋元接受史研究》（廣西：廣西師範大學碩士學位論文，2007年3月）。

〔註39〕陳偉文：《清代前中期黃庭堅詩接受史研究》（北京：北京師範大學博士論文，2007年8月）。

〔註40〕宗頂俠：《元稹詩歌接受史研究》（合肥：安徽師範大學碩士論文，2008年4月）。

〔註41〕李宜學：《李商隱詩接受史重探》（新竹：國立清華大學博士論文，2008年6月）。

〔註42〕盧華燕：《晚唐賈島接受史論》（武漢：華中師範大學碩士論文，2008年8月）。

〔註43〕曾金承：《韓愈詩歌唐宋接受研究》《韓愈詩歌唐宋接受研究》（臺北：淡江大學博士論文，2008年6月）。

出版類型	作者／篇名	年代
學位論文	莊千慧《心慕與手追——中古時期王羲之書法接受研究》〔註44〕	2009
	郭曉明《司馬相如接受史——漢魏晉南北朝時期》〔註45〕	2009
	楊再喜《唐宋柳宗元文學接受史》〔註46〕	2009
	李亮《劉禹錫詩歌兩宋接受史研究》〔註47〕	2010
	任燕妮《近現代陶淵明接受史研究》〔註48〕	2010
	楊郁君《楊喚童詩接受史研究》〔註49〕	2011

2、以作品為接受主題

表1－2：以作品為接受主題之期刊論文、研究專著、學位論文
　　　　一覽表

出版類型	作者／篇名	年代
期刊論文	鄭芳祥〈蘇軾「省試刑賞忠厚之至論」闡釋史一隅〉〔註50〕	2002
	周家嵐〈從接受史角度看晚清知識份子對「水滸傳」的三種詮釋策略〉〔註51〕	2003

〔註44〕莊千慧：《心慕與手追——中古時期王羲之書法接受研究》（臺南：國立成功大學碩士論文，2009年6月）。

〔註45〕郭曉明：《司馬相如接受史——漢魏晉南北朝時期》（北京：首都師範大學碩士論文，2009年8月）。

〔註46〕楊再喜：《唐宋柳宗元文學接受史》（杭州：蘇州大學博士論文，2009年11月）。

〔註47〕李亮：《劉禹錫詩歌兩宋接受史研究》（南寧：廣西師範大學碩士論文，2010年8月）。

〔註48〕任燕妮：《近現代陶淵明接受史研究》（呼和浩特：內蒙古大學碩士論文，2010年9月）。

〔註49〕楊郁君：《楊喚童詩接受史研究》（臺東：國立臺東大學兒童文學研究所碩士論文，2011年6月）。

〔註50〕鄭芳祥：〈蘇軾「省試刑賞忠厚之至論」闡釋史一隅〉，《東方人文學誌》，2002年9月，頁139～156。

〔註51〕周家嵐：〈從接受史角度看晚清知識份子對「水滸傳」的三種詮釋策略〉，《中華學苑》第56期（2003年2月），頁85～112。

出版類型	作者／篇名	年代
期刊論文	朱我芯〈試以堯斯「文學接受史」與巴爾特「五種語碼」解讀白居易「賣炭翁」〉〔註52〕	2003
	陳莉〈接受視野中的金聖歎研究——以金評本《水滸傳》爲接受史研究重點〉〔註53〕	2006
	蔣方〈唐代屈騷接受史論略〉〔註54〕	2006
	趙丹〈「關雎」的接受史〉〔註55〕	2007
	高嘉文〈論「臨川夢」對「臨川四夢」之理解、詮釋與接受的關係〉〔註56〕	2008
	傅含章〈論歷代對李賀詠馬詩之接受觀點〉〔註57〕	2009
	劉小雙〈《詩經·周南·卷耳》接受史研究〉〔註58〕	2009
	景獻力〈復古與誤讀——以明清之際六朝詩的接受史爲例〉〔註59〕	2010
研究專著	尚永亮《莊騷傳播接受史綜論》〔註60〕	2000
	高日暉、洪雁《水滸傳接受史》〔註61〕	2006

〔註52〕 朱我芯：〈試以堯斯「文學接受史」與巴爾特「五種語碼」解讀白居易「賣炭翁」〉，《僑光學報》第 21 期（2003 年 7 月），頁 121～130。

〔註53〕 陳莉：〈接受視野中的金聖歎研究——以金評本《水滸傳》爲接受史研究重點〉，《廣西民族學院學報（哲學社會科學版）》第 28 卷第 2 期（2006 年 3 月），頁 146～151。

〔註54〕 蔣方：〈唐代屈騷接受史論略〉，《新亞論叢》第 8 期（2006 年 10 月），頁 239～246。

〔註55〕 趙丹：〈「關雎」的接受史〉，《吉林華僑外國語學院學報》，2007 年第 1 期。

〔註56〕 高嘉文：〈論「臨川夢」對「臨川四夢」之理解、詮釋與接受的關係〉，《人文與社會學報》第 2 卷第 2 期（2008 年 6 月），頁 213～242。

〔註57〕 傅含章：〈論歷代對李賀詠馬詩之接受觀點〉，《高餐通識教育學刊》，2009 年第 5 期，頁 87～106。

〔註58〕 劉小雙：〈《詩經·周南·卷耳》接受史研究〉，《安徽廣播電視大學學報》，2009 年第 3 期，頁 82～84。

〔註59〕 景獻力：〈復古與誤讀——以明清之際六朝詩的接受史爲例〉，《中國韻文學刊》，2010 年 1 期，頁 41～45。

〔註60〕 尚永亮：《莊騷傳播接受史綜論》（北京：文化藝術出版社，2000 年）。

〔註61〕 高日暉、洪雁：《水滸傳接受史》（濟南：齊魯書社，2006 年 7 月）。

出版類型	作者／篇名	年代
研究專著	伏滌修《「西廂記」接受史研究》〔註62〕	2008
學位論文	陳俊宏《「西遊記」主題接受史研究》〔註63〕	2001
	余丹《《琵琶記》接受史研究》〔註64〕	2002
	黃月銀《馬致遠神仙道化劇及其接受史研究》〔註65〕	2003
	高日暉《「水滸傳」接受史研究》〔註66〕	2003
	曾國瑩《「西遊記」接受史研究》〔註67〕	2004
	羅豔秋《明前《木蘭詩》接受史研究》〔註68〕	2008
	高嘉文《臨川四夢戲曲接受史研究》〔註69〕	2008
	趙晶晶《王國維《人間詞話》接受史》〔註70〕	2009
	賈吉林《楚辭在西漢的傳播與接受》〔註71〕	2010

〔註62〕伏滌修：《「西廂記」接受史研究》（合肥：黃山書社，2008年6月）。

〔註63〕陳俊宏：《「西遊記」主題接受史研究》（臺北：國立政治大學碩士論文，2001年6月）。

〔註64〕余丹：《《琵琶記》接受史研究》（安徽：安徽師範大學碩士學位論文，2002年）。

〔註65〕黃月銀：《馬致遠神仙道化劇及其接受史研究》（臺北：國立臺灣師範大學碩士論文，2003年6月）。

〔註66〕高日暉：《「水滸傳」接受史研究》（濟南：齊魯書社，2006年7月）。

〔註67〕曾國瑩：《「西遊記」接受史研究》（臺中：東海大學碩士論文，2004年6月）。

〔註68〕羅豔秋：《明前《木蘭詩》接受史研究》（山東：山東師範大學碩士論文，2008年4月）。

〔註69〕高嘉文：《臨川四夢戲曲接受史研究》（臺北：東吳大學碩士論文，2008年6月）。

〔註70〕趙晶晶：《王國維《人間詞話》接受史》（福建：福建師範大學碩士論文，2009年6月）。

〔註71〕賈吉林：《楚辭在西漢的傳播與接受》（南寧：廣西師範大學碩士論文，2010年8月）。

3、以文體、流派、文學理論、時代性文學為接受主題

表 1-3：以文體、流派、文學理論、時代性文學為接受主題之期
　　　　刊論文、研究專著、學位論文一覽表

出版類型	作者／篇名	年代
期刊論文	陳俊榮〈臺灣小說的接受史觀〉〔註 72〕	2004
	劉磊〈從歷代選本看韓孟詩派之傳播與接受〉〔註 73〕	2005
	楊金梅〈接受史視野中的古典詩歌研究〉〔註 74〕	2007
	解國旺〈接受美學與漢魏六朝文學研究略論〉〔註 75〕	2007
	耿祥偉〈從文體演變看秋胡故事的接受〉〔註 76〕	2008
	曾慶豹〈批判理論的效果歷史——法蘭克福學派在臺灣的接受史〉〔註 77〕	2010
	陳文忠〈唐詩的兩種輝煌——兼論唐詩經典接受史的研究思路〉〔註 78〕	2010
	林永昌〈從報載史料論日治時期臺灣歌仔戲的接受歷程〉〔註 79〕	2011

〔註 72〕陳俊榮：〈臺灣小說的接受史觀〉《政大中文學報》第 2 期（2004 年
　　　　12 月），頁 161～184。

〔註 73〕劉磊：〈從歷代選本看韓孟詩派之傳播與接受〉《東南大學學報（哲
　　　　學社會科學版）》，2005 年第 2 期，頁 95～99。

〔註 74〕楊金梅：〈接受史視野中的古典詩歌研究〉《浙江學刊》，2007 年第 3
　　　　期，頁 99～102。

〔註 75〕解國旺：〈接受美學與漢魏六朝文學研究略論〉，《殷都學刊》，2007
　　　　年第 1 期，頁 85～88。

〔註 76〕耿祥偉：〈從文體演變看秋胡故事的接受〉，《江淮論壇》，2008 年 4
　　　　期，頁 148～152。

〔註 77〕曾慶豹：〈批判理論的效果歷史——法蘭克福學派在臺灣的接受
　　　　史〉，《哲學與文化》，2010 年 6 月，頁 111～125。

〔註 78〕陳文忠：〈唐詩的兩種輝煌——兼論唐詩經典接受史的研究思路〉，
　　　　《安徽師範大學學報（人文社會科學版）》第 38 卷第 5 期（2010 年
　　　　9 月），頁 530～546。

〔註 79〕林永昌：〈從報載史料論日治時期臺灣歌仔戲的接受歷程〉，《崑山科
　　　　技大學人文暨社會科學學報》第 3 期，2011 年 9 月，頁 91～153。

出版類型	作者／篇名	年代
研究專著	陳文忠《中國古典詩歌接受史研究》〔註80〕	1998
	尚學鋒、過常寶、郭英德《中國古典文學接受史》〔註81〕	2000
	王玫《建安文學接受史論》〔註82〕	2005
	查清華《明代唐詩接受史》〔註83〕	2006
	趙山林《中國戲曲傳播接受史》〔註84〕	2008
學位論文	王玫《建安文學接受史研究》	2002
	易小平《建安文學接受史（232～960）》〔註85〕	2002
	李丹《元白詩派元前接受史研究》〔註86〕	2006
	劉磊《韓孟詩派傳播接受史研究》〔註87〕	2006
	黃培青《宋元時期嚴羽詩論接受史研究》〔註88〕	2007

　　近年來，以讀者為中心的理論方法被廣泛而多元的運用至各領域，接受史之觸角，自古典文學如詩、文、小說、戲曲，延伸至現代文學如小說、童詩，藝術如音樂、書法，甚至表演藝術如臺灣歌仔戲等，其討論範疇可謂包羅萬象。

〔註80〕陳文忠：《中國古典詩歌接受史研究》（合肥：安徽大學出版社，1998年8月）。

〔註81〕尚學鋒、過常寶、郭英德：《中國古典文學接受史》（濟南：山東教育出版社，2000年9月）。

〔註82〕王玫：《建安文學接受史論》（上海：上海古籍出版社，2005年7月）。

〔註83〕查清華：《明代唐詩接受史》（上海：上海古籍出版社，2006年7月）。

〔註84〕趙山林：《中國戲曲傳播接受史》（上海：上海人民出版社，2008年8月）。

〔註85〕易小平：《建安文學接受史（232～960）》（四川：四川師範學院碩士學位論文，2002年6月）。

〔註86〕李丹：《元白詩派元前接受史研究》（武漢：武漢大學博士論文，2006年3月）。

〔註87〕劉磊：《韓孟詩派傳播接受史研究》（武漢：武漢大學博士論文，2006年3月）。

〔註88〕黃培青：《宋元時期嚴羽詩論接受史研究》（臺北：國立臺灣師範大學博士論文，2007年6月）。

（二）詞學接受史之論文

　　以接受史觀點應用於詞學領域者，近年來逐漸增加，在研究主題方面，幾乎全是以詞家爲研究對象，計有 38 筆資料；以作品爲研究主題方面僅有 4 篇，全是圍繞《花間集》而論；此外，尚有兩篇針對「宋詞」在不同時代或地域的接受情況作探究。以詞學接受爲研究主題之論文與專著，分作三項主題呈現：

表 1－4：近年以詞學接受為研究主題之期刊論文、研究專著、學位論文一覽表

主題	出版類型	作者／篇名	年代
以詞家爲研究主題	期刊論文	譚新紅〈史達祖詞接受史初探〉〔註89〕	2000
		王秀林〈「亡國之音」穿越歷史時空：李煜詞的接受史探賾〉〔註90〕	2004
		宗頂俠〈張孝祥詞的傳播與接受〉〔註91〕	2005
		程繼紅《全明詞》對稼軒詞接受情況的調查分析〉〔註92〕	2006
		朱麗霞〈八百年詞學接受視野中的秦觀詞〉〔註93〕	2008
		顏文郁〈論宋代詞壇對蘇軾之接受〉〔註94〕	2008

〔註89〕譚新紅：〈史達祖詞接受史初探〉，《中國韻文學刊》，2000 年 2 期，頁 57～61。

〔註90〕王秀林：〈「亡國之音」穿越歷史時空：李煜詞的接受史探賾〉，《江海學刊》，2004 年 4 期，頁 170～174。

〔註91〕宗頂俠：〈張孝祥詞的傳播與接受〉，《安慶師範學院學報（社會科學版）》第 24 卷第 6 期（2005 年 11 月），頁 70～73。

〔註92〕程繼紅：〈《全明詞》對稼軒詞接受情況的調查分析〉，《浙江海洋學院學報（人文科學版）》第 23 卷第 1 期（2006 年 3 月），頁 21～28。

〔註93〕朱麗霞：〈八百年詞學接受視野中的秦觀詞〉，《雲南大學學報（社會科學版）》，2008 年 1 期，頁 69～80。

〔註94〕顏文郁：〈論宋代詞壇對蘇軾之接受〉，《東方人文學誌》第 7 卷第 4 期（2008 年 12 月），頁 175～200。

主題	出版類型	作者／篇名	年代
以詞家爲研究主題	期刊論文	袁志成、唐朝暉〈浙西詞派與常州詞派的交匯——張翥詞接受〉〔註95〕	2010
	研究專著	宋麗霞《清代辛稼軒接受史》〔註96〕	2005
		張璟《蘇詞接受史研究》〔註97〕	2009
	學位論文	康曉娟《兩宋詞學對蘇軾「以詩爲詞」的接受》	2000
		王秀林《李煜詞研究二題》〔註98〕	2000
		吳思增《清眞詞在兩宋接受視野的歷史嬗變》〔註99〕	2002
		陳穎《周邦彥詞的接受過程研究》〔註100〕	2002
		張春媚《溫庭筠詞傳播接受研究》〔註101〕	2002
		仲冬梅《蘇詞接受史研究》〔註102〕	2003
		張殿方《蘇軾詞接受史研究——北宋中葉至清代》〔註103〕	2003
		鄧健《柳永詞傳播接受研究》〔註104〕	2003
		陳福升《柳永、周邦彥詞接受史研究》〔註105〕	2004

〔註95〕 袁志成、唐朝暉：〈浙西詞派與常州詞派的交匯——張翥詞接受〉，《唐山師範學院學報》第32卷第1期（2010年1月），頁1～4。

〔註96〕 宋麗霞：《清代辛稼軒接受史》（濟南：齊魯書社，2005年1月）。

〔註97〕 張璟：《蘇詞接受史研究》（北京：光明日報出版社，2009年10月）。

〔註98〕 王秀林：《李煜詞研究二題》（湖北：湖北大學碩士學位論文，2000年5月）。

〔註99〕 吳思增：《清眞詞在兩宋接受視野的歷史嬗變》（長春：東北師範大學碩士論文，2002年1月）。

〔註100〕 陳穎：《周邦彥詞的接受過程研究》（北京：首都師範大學碩士論文，2002年5月）。

〔註101〕 張春媚：《溫庭筠詞傳播接受研究》（武漢：湖北大學碩士論文，2002年5月）。

〔註102〕 仲冬梅：《蘇詞接受史研究》（上海：華東師範大學博士論文，2003年4月）。

〔註103〕 張殿方：《蘇軾詞接受史研究——北宋中葉至清代》（濟南：山東師範大學碩士論文，2003年4月）。

〔註104〕 鄧健：《柳永詞傳播接受研究》（武漢：湖北大學碩士論文，2003年6月）。

主題	出版類型	作者／篇名	年代
以詞家爲研究主題	學位論文	楊蓓《論東坡詞在宋金元的傳播與接受》〔註106〕	2004
		洪豆豆《清代李清照詞傳播接受研究》〔註107〕	2005
		王卿敏《小山詞的接受史》〔註108〕	2006
		蘭玲《秦觀詞的宋代接受概論》〔註109〕	2006
		張航《姜夔詞傳播與接受研究》〔註110〕	2006
		李春英《宋元時期稼軒詞接受研究》〔註111〕	2007
		王麗琴《歐陽脩詞在宋代的傳播接受研究》	2007
		黎蓉《二晏詞接受史論》〔註112〕	2007
		王栻先《蘇軾詞在北宋元祐時期的接受》〔註113〕	2007
		葉祝滿《性別與認同——李清照其人其詞的創作與接受研究》〔註114〕	2007
		邱全成《蘇軾詞的接受與影響——從期待視野的角度觀之》〔註115〕	2008

〔註105〕 陳福升:《柳永、周邦彥詞接受史研究》(上海:華東師範大學碩士論文,2004年4月)。

〔註106〕 楊蓓:《論東坡詞在宋金元的傳播與接受》(福州:福建師範大學碩士論文,2004年4月)。

〔註107〕 洪豆豆:《清代李清照詞傳播接受研究》(武漢:湖北大學碩士論文,2005年5月)。

〔註108〕 王卿敏:《小山詞的接受史》(上海:華東師範大學碩士論文,2006年5月)。

〔註109〕 蘭玲:《秦觀詞的宋代接受概論》(北京:北京師範大學碩士論文,2006年5月)。

〔註110〕 張航:《姜夔詞傳播與接受研究》(福州:福建師範大學碩士論文,2006年9月)。

〔註111〕 李春英:《宋元時期稼軒詞接受研究》(濟南:山東師範大學博士論文,2007年3月)。

〔註112〕 黎蓉:《二晏詞接受史論》(武漢:湖北大學碩士論文,2007年5月)。

〔註113〕 王栻先:《蘇軾詞在北宋元祐時期的接受》(甘肅:西北師範木學碩士論文,2007年6月)。

〔註114〕 葉祝滿:《性別與認同——李清照其人其詞的創作與接受研究》(臺北:國立政治大學碩士論文,2007年6月)。

〔註115〕 邱全成:《蘇軾詞的接受與影響——從期待視野的角度觀之》(彰化:國立彰化師範大學碩士論文,2008年6月)。

主題	出版類型	作者／篇名	年代
以詞家爲研究主題	學位論文	李偉《李清照接受史研究》〔註116〕	2009
		薛乃文《馮延巳詞接受史》〔註117〕	2009
		顏文郁《韋莊詞接受史》〔註118〕	2009
		曾春英《歐陽修詞接受史研究》〔註119〕	2009
		普義南《吳文英詞接受史》〔註120〕	2009
		許淑惠《秦觀詞接受史》〔註121〕	2010
		柯瑋郁《晏幾道小山詞接受史》〔註122〕	2010
		杜懷才《朱彝尊詞與詞學接受史》〔註123〕	2010
		夏婉玲《張先詞接受史》〔註124〕	2011
以詞集爲研究主題	研究專著	李冬紅《「花間集」接受史論稿》〔註125〕	2004
	學位論文	范松義《「花間集」接受論》〔註126〕	2003
		白靜《「花間集」傳播接受研究》〔註127〕	2003

〔註116〕 李偉:《李清照接受史研究》(河北:河北大學碩士學位論文,2009年6月)。

〔註117〕 薛乃文:《馮延巳詞接受史》(臺南:國立成功大學碩士論文,2009年6月)。

〔註118〕 顏文郁:《韋莊詞接受史》(臺南:國立成功大學碩士論文,2009年6月)。

〔註119〕 曾春英:《歐陽修詞接受史研究》(江西:南昌大學碩士學位論文,2009年12月)。

〔註120〕 普義南:《吳文英詞接受史》(臺北:淡江大學博士論文,2010年6月)。

〔註121〕 許淑惠:《秦觀詞接受史》(臺南:國立成功大學碩士論文,2010年6月)。

〔註122〕 柯瑋郁:《晏幾道小山詞接受史》(臺南:國立成功大學碩士論文,2010年6月)。

〔註123〕 杜懷才:《朱彝尊詞與詞學接受史》(合肥:安徽大學碩士論文,2010年8月)。

〔註124〕 夏婉玲:《張先詞接受史》(臺南:國立成功大學碩士論文,2011年6月)。

〔註125〕 李冬紅:《「花間集」接受史論稿》(濟南:齊魯書社,2006年6月)。

〔註126〕 范松義:《「花間集」接受論》(開封:河南大學碩士論文,2003年5月)。

主題	出版類型	作者／篇名	年代
以詞集為研究主題	學位論文	李冬紅「花間集」接受史論稿》〔註128〕	2004
以時代性文學為研究主題		陳松宜《清代接受宋詞之研究》〔註129〕	1998
		尹禧《宋詞在韓國傳播與接受》	2006

二、賀鑄之研究現況

臺灣學界對賀鑄進行研究者所見不多，近年來之研究論文茲臚列如次：

表1-5：臺灣研究賀鑄之論文一覽表

出版類型	作者／篇名	年代
論文專著	黃啓方《東山詞箋注》〔註130〕	1969
學位論文	陳靜芬《賀方回詞研究》〔註131〕	1984
專著中之論文	黃文吉〈兼具豪放婉約之長——賀鑄〉〔註132〕	1996
期刊論文	王偉勇〈賀鑄《東山詞》取材唐詩之方法〉〔註133〕	1996
期刊論文	吳旻旻〈試由「愁」談秦觀、賀鑄詞——兼論二人在詞史上的承繼與超越〉〔註134〕	2001

〔註127〕白靜：《「花間集」傳播接受研究》（武漢：湖北大學碩士論文，2003年6月）。

〔註128〕李冬紅：《「花間集」接受史論稿》（上海：華東師範大學博士論文，2004年4月）。

〔註129〕陳松宜：《清代接受宋詞之研究》（桃園：國立中央大學碩士論文，1998年6月）。

〔註130〕黃啓方：《東山詞箋注》（臺北：嘉新水泥公司，1969年8月）。

〔註131〕陳靜芬：《賀方回詞研究》（臺北：輔仁大學中國文學研究所碩士論文，1984年）。

〔註132〕黃文吉：《北宋十大詞家研究・兼具豪放婉約之長——賀鑄》（臺北：文史哲出版社，1996年3月），頁273～311。

〔註133〕王偉勇：〈賀鑄《東山詞》取材唐詩之方法〉：《東吳中文學報》，1996年5月，頁125～155。

〔註134〕吳旻旻：〈試由「愁」談秦觀、賀鑄詞——兼論二人在詞史上的承繼與超越〉，《中國文學研究》，2001年6月，頁155～177。

出版類型	作者／篇名	年代
學位論文	黃文鶯《賀鑄在詞史上的繼承與開展》〔註135〕	2003
學位論文	吳素音《賀鑄《東山詞》研究》〔註136〕	2005
期刊論文	趙福勇〈清代「論詞絕句」論賀鑄〈橫塘路〉詞探析〉〔註137〕	2008

　　以黃啓方《東山詞箋注》之論文專著爲先鋒，對賀詞進行整理、校正、考調等工夫，據《彊村叢書》而參校唐圭璋《全宋詞》以定取捨；在學位論文方面，研究賀鑄者僅有三本，爲陳靜芬《賀方回詞研究》、黃文鶯《賀鑄在詞史上的繼承與開展》、吳素音《賀鑄《東山詞》研究》，對賀詞的藝術技巧與詞史地位作分析探究；單篇文章如黃文吉〈兼具豪放婉約之長──賀鑄〉一文，論及賀鑄之詞集版本、詞風特色、詞中寄託與藝術技巧，論理精闢，收於《北宋十大詞家研究》一書中；在期刊論文方面，王師偉勇〈賀鑄《東山詞》取材唐詩之方法〉一文，以宋詞與唐詩作對應研究，全面分析賀鑄借鑒唐詩之情形，爲跨領域之研究另闢蹊徑；吳旻旻〈試由「愁」談秦觀、賀鑄詞──兼論二人在詞史上的承繼與超越〉一文兼談秦、賀二人之詞與詞史地位；趙福勇〈清代「論詞絕句」論賀鑄〈橫塘路〉詞探析〉一文則聚焦於賀鑄名作〈橫塘路〉於清代論詞絕句中的接受情況。

　　相對於臺灣學界的冷清，中國大陸研究賀鑄之資料較爲豐富，其中專著方面，1970年夏承燾編《唐宋詞人年譜・賀方回年譜》〔註138〕，詳盡考察賀鑄之生平經歷，1994年鍾振振撰《北宋詞人賀鑄研究》〔註

〔註135〕黃文鶯：《賀鑄在詞史上的繼承與開展》（臺北：國立臺灣師範大學國文研究所碩士論文，2003年）。
〔註136〕吳素音：《賀鑄《東山詞》研究》（高雄：國立高雄師範大學國文教學所碩士論文，2005年）。
〔註137〕趙福勇：〈清代「論詞絕句」論賀鑄〈橫塘路〉詞探析〉，《臺北大學中文學報》，2008年3月，頁193～223。
〔註138〕夏承燾著：《唐宋詞人年譜・賀方回年譜》（臺北：明倫出版社，1970年12月），頁271～314。
〔註139〕鍾振振：《北宋詞人賀鑄研究》（臺北：文津出版社，1994年8月）。

139〕、1989 年鍾振振校著《東山詞》〔註 140〕二書堪爲詳贍，就賀鑄
之生平事蹟作仔細考證，並兼論賀詞思想題材、藝術特色與評價；又
重新校勘賀鑄詞作，近代論者多以此爲本。

　　在期刊論文方面，2000 年後，中國大陸研究賀鑄之期刊論文甚
爲熱絡，共計 39 篇，觀其研究內容略可分作五種類別，以下就「藝
術技巧」、「論單篇詞作或與他家相比」、「風格特色」、「評論接受」、「思
想情感考論」等五個面向作歸類。

表 1－6：中國大陸研究賀鑄之期刊論文一覽表

分類	作者／篇名	年代
藝術技巧	關寧〈試論賀鑄對杜牧的認同與繼承〉〔註 141〕	2001
	趙曉輝〈試論賀鑄詞中的女性形象〉〔註 142〕	2003
	解旬靈〈賀鑄《東山詞》詞牌改換新名現象探微〉〔註 143〕	2004
	胡遂、鄔志偉〈論賀鑄詞對楚辭的接受〉〔註 144〕	2006
	夏先忠〈賀鑄詩韻研究〉〔註 145〕	2006
	趙曉輝〈論賀鑄詞外在形式及表現之特色〉〔註 146〕	2006
	毛慧萍〈論賀鑄詞中的女性形象〉〔註 147〕	2007

〔註140〕　宋・賀鑄著、鍾振振校注：《東山詞》（上海：上海古籍出版社，1989
　　　　　年 12 月）。
〔註141〕　關寧：〈試論賀鑄對杜牧的認同與繼承〉，《廣西師院學報（哲學社
　　　　　會科學版）》第 22 卷第 1 期（2001 年 1 月），頁 61～64。
〔註142〕　趙曉輝：〈試論賀鑄詞中的女性形象〉，《太原教育學院學報》第 21
　　　　　卷第 4 期（2003 年 12 月），頁 24～28。
〔註143〕　解旬靈：〈賀鑄《東山詞》詞牌改換新名現象探微〉，《南陽師範學
　　　　　院學報（社會科學版）》第 3 卷第 1 期（2004 年 1 月），頁 79～89。
〔註144〕　胡遂、鄔志偉：〈論賀鑄詞對楚辭的接受〉，《廣州大學學報（社會
　　　　　科學版）》第 5 卷第 8 期（2006 年 8 月），頁 41～45。
〔註145〕　夏先忠：〈賀鑄詩韻研究〉，《宜賓學院學報》，2006 年第 1 期，頁
　　　　　93～95。
〔註146〕　趙曉輝：〈論賀鑄詞外在形式及表現之特色〉，《綿陽師範學院學報》
　　　　　第 25 卷第 6 期（2006 年 12 月），頁 37～43。

分類	作者／篇名	年代
藝術技巧	萬靜〈試論東山詞寫愁的藝術〉〔註148〕	2008
	陳雪婧〈試論賀鑄詞創作過程中的範式選擇與審美定位〉〔註149〕	2008
	祝雲珠〈濃妝淡抹總相宜——試論賀鑄詞中女性形象的刻畫〉〔註150〕	2009
	滕倩蘭〈淺論溫、賀詞中表現女性形象手法的異同〉〔註151〕	2009
	彭建安〈賀鑄詞藝術手法探析〉〔註152〕	2009
	徐擁軍〈論賀鑄詞的藝術精神及其影響〉〔註153〕	2009
	史春香〈論賀鑄詞的敘事性〉〔註154〕	2011
	齊晶〈千紅一哭萬豔同悲——試析賀鑄女兒詞中的女兒苦〉〔註155〕	2011

〔註147〕 毛慧萍：〈論賀鑄詞中的女性形象〉，《遼寧行政學院學報》，2007年第1期，頁183～184。

〔註148〕 萬靜：〈試論東山詞寫愁的藝術〉，《理論月刊》，2008年第9期，頁144～146。

〔註149〕 陳雪婧：〈試論賀鑄詞創作過程中的範式選擇與審美定位〉，《西安文理學院學報（社會科學版）》第11卷第2期（2008年5月），頁13～15。

〔註150〕 祝雲珠：〈濃妝淡抹總相宜——試論賀鑄詞中女性形象的刻畫〉，《綏化學院學報》第29卷第1期（2009年2月），頁70～71。

〔註151〕 滕倩蘭：〈淺論溫、賀詞中表現女性形象手法的異同〉，《科教文匯》，2009年5期，頁235。

〔註152〕 彭建安：〈賀鑄詞藝術手法探析〉，《湖北第二師範學院學報》第26卷第7期（2009年7月），頁15～28。

〔註153〕 徐擁軍：〈論賀鑄詞的藝術精神及其影響〉，《沈陽大學學報》第21卷第4期（2009年8月），頁97～100。

〔註154〕 史春香：〈論賀鑄詞的敘事性〉，《傳奇‧傳記文學選刊》，2011年1期，頁39～40。

〔註155〕 齊晶：〈千紅一哭萬豔同悲——試析賀鑄女兒詞中的女兒苦〉，《濰坊教育學院學報》第24卷第3期（2011年5月），頁42～49。

分類	作者／篇名	年代
論單篇詞作或與他家相比	李平權〈魂牽夢縈生死相依——蘇軾《江城子》與賀鑄《鷓鴣天》比較探析〉〔註156〕	2003
	陳愛紅〈梅須遜雪三分白，雪卻輸梅一段香——蘇軾、賀鑄祭妻詞對讀〉〔註157〕	2004
	馬學林〈宋悼亡詞的雙璧——蘇軾《江城子》和賀鑄《鷓鴣天》比較探賞〉〔註158〕	2006
	闕秋莎〈解道江南斷腸句只今惟有賀方回——賀鑄《青玉案》賞析〉〔註159〕	2007
	艾璐璐、趙紅〈詩情詞境堪吟哦——試論《青玉案・橫塘路》中的「詩化」藝術〉〔註160〕	2007
	蔣先偉、湯治平、蔣興洪〈四愁一體——賀鑄《青玉案》解析〉〔註161〕	2008
	郭弘〈殘春的印象——析賀鑄《憶秦娥・子夜歌》藝術特色〉〔註162〕	2009

〔註156〕 李平權：〈魂牽夢縈生死相依——蘇軾《江城子》與賀鑄《鷓鴣天》比較探析〉，《溫州職業技術學院學報》第 3 卷第 3 期（2003 年 9 月），頁 56～58。

〔註157〕 陳愛紅：〈梅須遜雪三分白，雪卻輸梅一段香——蘇軾、賀鑄祭妻詞對讀〉，《張家口職業技術學院學報》第 17 卷第 1 期（2004 年 3 月），頁 62～64。

〔註158〕 馬學林：〈宋悼亡詞的雙璧——蘇軾《江城子》和賀鑄《鷓鴣天》比較探賞〉，《邵陽學院學報（社會科學版）》第 5 卷第 1 期（2006 年 2 月），頁 75～77。

〔註159〕 闕秋莎：〈解道江南斷腸句只今惟有賀方回——賀鑄《青玉案》賞析〉，《考試周刊》，2007 年第 30 期，頁 109～110。

〔註160〕 艾璐璐、趙紅：〈詩情詞境堪吟哦——試論《青玉案・橫塘路》中的「詩化」藝術〉，《文教資料》第 8 期，2007 年 3 月，頁 62～63。

〔註161〕 蔣先偉、湯治平、蔣興洪〈四愁一體——賀鑄《青玉案》解析〉，《江蘇科技大學學報（社會科學版）》第 8 卷第 2 期（2008 年 6 月），頁 82～84。

〔註162〕 郭弘：〈殘春的印象——析賀鑄《憶秦娥・子夜歌》藝術特色〉，《蘭州學刊》，2009 年第 6 期，頁 194～196。

分類	作者／篇名	年代
論單篇詞作或與他家相比	李青云〈蘇軾《江城子》和賀鑄《鷓鴣天》的比較探析〉〔註 163〕	2009
	沈揚〈詞可以群——以賀鑄〈青玉案・淩波不過橫塘路〉在北宋的唱和情況爲例〉〔註 164〕	2010
	祝偉〈紅無路請纓的壯士悲情——讀賀鑄詞《六州歌頭》〉〔註 165〕	2011
	郭弘〈一曲挽歌三重變奏——試探賀鑄《憶秦娥・子夜歌》生命意識的呈現〉〔註 166〕	2011
風格特色	毛嘉賓〈賀方回詞風論略〉〔註 167〕	2001
	戴文明〈眞婉麗——賀鑄詞風格淺論〉〔註 168〕	2004
	王炬炳〈賀鑄豪放詞特色淺析〉〔註 169〕	2007
	張夢石〈賀鑄詞風格探析〉〔註 170〕	2007
	喬麗〈沉鬱之葩——簡論賀鑄詞的沉鬱之氣〉〔註 171〕	2008

〔註 163〕 李青云：〈蘇軾《江城子》和賀鑄《鷓鴣天》的比較探析〉，《鄂州大學學報》第 16 卷第 4 期（2009 年 7 月），頁 54～57。

〔註 164〕 沈揚：〈詞可以群——以賀鑄《青玉案・淩波不過橫塘路》在北宋的唱和情況爲例〉，《棗莊學院學報》第 27 卷第 6 期（2010 年），頁 41～44。

〔註 165〕 祝偉：〈紅無路請纓的壯士悲情——讀賀鑄詞《六州歌頭》〉，《時代文學》，2011 年第 7 期，頁 211～212。

〔註 166〕 郭弘：〈一曲挽歌三重變奏——試探賀鑄《憶秦娥・子夜歌》生命意識的呈現〉，《社科縱橫》第 26 卷第 4 期（2011 年 4 月），頁 112～114。

〔註 167〕 毛嘉賓：〈賀方回詞風論略〉，《煙臺師範學院學報（哲學社會科版）》第 18 卷第 3 期（2001 年 9 月），頁 47～52。

〔註 168〕 戴文明：〈眞婉麗——賀鑄詞風格淺論〉，《南寧師範高等專科學校學報》第 21 卷第 1 期（2004 年 3 月），頁 55～59。

〔註 169〕 王炬炳：〈賀鑄豪放詞特色淺析〉，《考試周刊》，2007 年第 20 期，頁 125～126。

〔註 170〕 張夢石：〈賀鑄詞風格探析〉，《康定民族師範高等專科學校學報》第 16 卷第 2 期（2007 年 4 月），頁 50～52。

〔註 171〕 喬麗：〈沉鬱之葩——簡論賀鑄詞的沉鬱之氣〉，《漯河職業技術學院學報》第 7 卷第 3 期（2008 年 5 月），頁 46～47。

分類	作者／篇名	年代
風格特色	杜慧〈淺論賀鑄詞的風格特徵〉〔註172〕	2009
評論接受	文曉華〈賀鑄研究綜述〉〔註173〕	2004
	邱保證〈賀鑄研究綜述〉〔註174〕	2005
	趙曉輝〈歷代賀鑄詞評價及解析〉〔註175〕	2006
	邱保證〈20世紀賀鑄詞在研究領域所受冷落及其原因〉〔註176〕	2007
思想情感考論	解旬靈〈賀鑄思想考論〉〔註177〕	2007
	林曉娜〈從《東山詞》看賀鑄的感傷心態〉〔註178〕	2007
	杜艷〈北宋詞人賀鑄吳中情事考〉〔註179〕	2007

　　中國大陸涉及賀鑄之相關論文，以論賀詞之藝術技巧最夥；其次在論述賀鑄單篇詞作時，〈青玉案〉一闋常作爲研究對象，在比較單篇詞作方面，賀鑄〈鷓鴣天〉（即〈半死桐〉）與蘇軾〈江城子〉二者情感深切，同爲悼念亡妻之詞，學者常將二詞相提並論；此外尚有論述賀詞之風格、評價與思想者，但相比之下數量較少。

〔註172〕 杜慧：〈淺論賀鑄詞的風格特徵〉，《科教文匯》，2009年34期，頁239～251。
〔註173〕 文曉華：〈賀鑄研究綜述〉，《商丘師範學院學報》第20卷第6期（2004年12月），頁40～41。
〔註174〕 邱保證：〈賀鑄研究綜述〉，《新疆教育學院學報》第21卷第4期（2005年12月），頁81～85。
〔註175〕 趙曉輝：〈歷代賀鑄詞評價及解析〉，《阜陽師範學院學報（社會科學版）》，2006年第4期，頁19～30。
〔註176〕 邱保證：〈20世紀賀鑄詞在研究領域所受冷落及其原因〉，《現代語文（文學研究）》，2007年第6期，頁67～68。
〔註177〕 解旬靈：〈賀鑄思想考論〉，《湖南工程學院學報（社會科學版）》第17卷第1期（2007年3月），頁49～52。
〔註178〕 林曉娜：〈從《東山詞》看賀鑄的感傷心態〉，《韶關學院學報》第28卷第4期（2007年4月），頁39～42。
〔註179〕 杜艷：〈北宋詞人賀鑄吳中情事考〉，《文教資料》，2007年7月號，頁80～81。

第三節　研究方法與範圍

一、研究方法

　　本論文係以「接受美學」（aesthetics of reception）理論爲研究基礎，以讀者爲中心之概念，分析、歸納並架構歷代對賀鑄詞的接受情形。

　　1960 年代末，西方批評界興起一種國際性的批評思潮，關注於文學作品的接受、反應與效果，亦關注於讀者與作品間的交流、溝通與互動。〔註 180〕接受美學提出讀者中心論，強調讀者的能動作用與閱讀的創造性，亦強調接受的主體性，因此作品的意義是讀者從文本中發掘出來的。〔註 181〕文學作品的存在須靠讀者通過閱讀對之「具體化」，即以讀者的感覺和知覺經驗將作品中的空白處填充起來，使作品中的未定性得以確定，達到文學作品的實現。因此讀者或讀者的主觀意識在接受美學的研究中，處於主導的決定性地位。〔註 182〕

　　接受史是在不同時代、不同觀點的詩評家之間展開的熱烈對話的論辯史；在你來我往、相碰相撞的對話論辯中，一個個詩學話題也得到了深化與發展。〔註 183〕李劍亮《唐宋詞與唐宋歌妓制度》云：「傳統的文學研究，往往把文學作品作爲一個靜態的對象來研究。事實上，文學作品一旦問世，便處於一個動態的過程之中。作品所具有的價值，也就在這個動態過程中不斷地得到體現。」〔註 184〕只有當作

〔註 180〕龍協濤：《讀者反應理論》（臺北：揚智文化，1997 年），頁 4。
〔註 181〕聯邦德國・H.R.姚斯、美・R.C.霍拉勃著，周寧、金元浦譯：《接受美學與接受理論》（瀋陽：遼寧人民出版社，1987 年 9 月），頁 2。
〔註 182〕參閱聯邦德國・H.R.姚斯、美・R.C.霍拉勃著，周寧、金元浦譯：《接受美學與接受理論・出版者前言》（瀋陽：遼寧人民出版社，1987 年 9 月），頁 4～7。
〔註 183〕參閱陳文忠：《文學美學與接受史研究》（合肥：安徽人民出版社，2008 年 4 月），頁 314。
〔註 184〕參閱李劍亮：《唐宋詞與唐宋歌妓制度》（杭州：浙江大學出版社，2006 年 10 月），頁 176。

品的連續性不僅通過生產主體，而且通過消費主體，即通過作者與讀者之間的相互作用來調節時，文學藝術才能獲得具有過程性特徵的歷史。〔註185〕通讀者、詩評家及詩人作家，對作品不斷作出的鑒賞、闡釋及在創作中的吸收借用等，作品便在不同階段中呈現具體的面貌，此即是讀者閱讀經驗的歷史。〔註186〕讀者的閱讀經驗而非本文本身，應理所當然的成為分析的客體。〔註187〕

　　當接受之主體轉為讀者時，讀者本身的個性、喜好便成為影響接受程度的因素，此外還取決於歷史、環境、時代等大因素，這些因素，構成一種文化制約，造就了色彩斑斕的讀者群體。因此，除了探求讀者接受後之現象以外，尚須在文化制約與讀者的關係上作一番研究，此亦為接受美學的重要內容。〔註188〕接受史之主體因具有相異的背景，因此能開展出不同的研究方向，陳文忠《文學美學與接受史研究》曰：

> 古典詩歌接受史的研究可朝三個方面展開：以普通讀者為
> 主體的效果史研究；以詩評家為主體的闡釋史研究；以詩
> 人創作者為主體的影響史研究。〔註189〕

效果史、闡釋史、影響史三者，皆是以讀者為中心的接受史。所謂「效果史研究」，是以普遍讀者作為接受主體。在本文與接受者之間必定存在一個傳播過程，只有通過傳播，本文才能到達接受者之中。〔註

〔註185〕 參閱聯邦德國‧H.R.姚斯、美‧R.C.霍拉勃著，周寧、金元浦譯：《接受美學與接受理論》（瀋陽：遼寧人民出版社，1987年9月），頁19。

〔註186〕 參閱陳文忠：《文學美學與接受史研究》（合肥：安徽人民出版社，2008年4月），頁290。

〔註187〕 美‧費什著，文楚安釋：《讀者反應批評：理論與實踐》（北京：中國社會科學出版社，1998年2月），頁131。

〔註188〕 參閱馬以鑫：《接受美學新論》（上海：學林出版社，1995年10月），頁46。

〔註189〕 陳文忠：《文學美學與接受史研究》（合肥：安徽人民出版社，2008年4月），頁294。

〔註190〕 參閱馬以鑫：《接受美學新論》（上海：學林出版社，1995年10月），頁74。

190〕統合歷代選本收錄賀詞之現象，正可反映賀詞於歷代的傳播接受程度；所謂「闡釋史研究」，以詩評家爲主體。批評家對本文的接受，是從自我感覺中進行理性與科學的分析考察，運用綜合、分析、比較、歸納、推斷等方法，產生對作品以及文藝現像的評判，此與普通讀者的接受具有明顯的差異。〔註 191〕蒐羅歷代對賀詞的品評議論，正可架構賀詞於歷代的評騭接受現象；所謂「影響史研究」，則以創作者爲主體。當讀者接受本文後，就其理解到的內容、形式或情感，放入文學作品中，即是姚斯所謂「視野轉變」，以此作爲接受後的接受者的變化。〔註 192〕統整歷代文學家對賀詞的模仿與效法，可歸納賀詞於歷代的創作接受情況。因此本論文區分作「傳播接受」、「評騭接受」、「創作接受」三端，就字面意義而言，更能直接掌握與體現接受的面向。

　　本論文將西方接受美學理論運用至中國歷代對賀鑄詞之接受概況，研究方法與步驟如次列之：

　　（一）考察、探求賀鑄生平事蹟，選定賀鑄詞的版本，熟讀與體悟賀鑄詞作之內容要旨、藝術技巧、風格特色等。

　　（二）全盤蒐羅自北宋至清代涉及賀鑄之選本、詞論、創作等資料，將之歸納爲「傳播接受」、「評騭接受」、「創作接受」三端論述。

　　（三）「傳播接受」方面，以計量分析的方式，統整歷代詞選、詞譜收錄賀鑄之作品與數量，並表列各朝代錄賀詞之情形，探析各詞選、詞譜及當代詞學觀對賀鑄詞的接受態度。

　　（四）「評騭接受」方面，梳理歷代涉及賀鑄之詞學資料，諸如詩話、詞話、筆記、詞籍（集）序跋、論詞長短句、論詞絕句、評點資料等，將其論點加以歸納統整，並逐一探究以全面呈顯歷代詞論接受賀鑄之面向。

〔註 191〕參閱馬以鑫：《接受美學新論》（上海：學林出版社，1995 年 10 月），
　　　　　頁 143。

〔註 192〕參閱馬以鑫：《接受美學新論》（上海：學林出版社，1995 年 10 月），
　　　　　頁 111。

（五）「創作接受」方面，檢索詞集資料，蒐集歷代詞人和韻、仿擬、集用賀鑄之詞，並爬梳歷代對賀鑄〈橫塘路〉斷腸情感之共鳴和運用作品，比較後人在用韻句式、題材內容、藝術風格上對賀詞之沿用與學習，進而建構後人在創作上對賀詞的接受情況。

二、研究範圍

本論文之研究範圍起宋迄清，民國以後之作者（以其卒年爲斷限）理論與創作等資料則作爲論述之輔助。

在研究材料之擇取部分，王師偉勇言：「詞人『接收史』之研究而言，欲具體掌握其研究材料，宜自十方向著手：一曰他人和韻之作，二曰他人仿擬之作，三曰詩話，四曰筆記，五曰詞籍（集）序跋，六曰詞話，七曰論詞長短句，八曰論詞絕句，九曰評點資料，十曰詞選。」〔註193〕就材料之性質，略可歸納爲「作品傳播」、「理論評騭」、「仿效創作」三個面向，其中「和韻」、「仿擬」屬「仿效創作」；「詩話」、「筆記」、「詞籍（集）序跋」、「詞話」、「論詞長短句」、「論詞絕句」、「評點資料」屬「理論評騭」；「詞選」屬「作品傳播」，以下析論此三大面向之資料擇取概況：

（一）作品傳播

1、詞選資料

觀賀鑄詞收錄於歷代詞選之情況，可窺見賀詞於歷代社會的傳播與接受。蕭鵬《群體的選擇──唐宋人選詞與詞選通論》云：「從接受美學的觀點來看，詞選的消費就是所謂『接受』的過程。」〔註194〕詞選的擇取結果，透露編者個人之眼光與喜好，亦可重建各時代的詞學風向。就接受之角度而言，入選之作品、作者和數量皆能彰顯各選集

〔註193〕 參閱王偉勇：〈清代論詞絕句之整理、研究及價值〉，《清代論詞絕句初編》（臺北：里仁書局，2010 年 9 月），頁 1。

〔註194〕 蕭鵬：《群體的選擇──唐宋人選詞與詞選通論》（臺北：文津出版社，1991 年 11 月），頁 17。

某種層面的風格取向，並能反映選集的閱讀群眾。〔註195〕透過各詞選的編纂，能校正詞作之脫字與闕誤，且入選數量之統計，亦能建立詞人之經典作品，可分析詞人於各時代之影響力。歷代詞選之書目，據王兆鵬《詞學史料學》、《四庫全書總目・詞曲類》所錄加以蒐羅整理。

　　2、賀鑄詞集

　　賀鑄詞集，原爲自編本。南渡初賀鑄詞已刊行，南宋後期刻本有二種。宋・陳振孫《直齋書錄解題》載長沙坊刻《百家詞》本《東山寓聲樂府》三卷〔註196〕，未言及張耒序；黃昇《唐宋諸賢絕妙詞選》載賀詞有「小詞二卷，名《東山寓聲樂府》，張右史序之。」〔註197〕卷數與長沙坊刻不同，且有張耒序，故南宋《東山寓聲樂府》已有兩種版本。金代李治《敬齋古今黈》載賀鑄有《東山寓聲別集》，此本後世無傳。明代錢溥《秘閣書目》著錄《東山寓聲樂府》，爲明代尙存賀集之一。〔註198〕今存最早之賀詞版本爲殘宋刊本《東山詞》，原分作上下二卷，今僅存卷上109闋詞，卷下僅殘存目錄，現藏於中國國家圖書館。賀詞另一重要版本爲清鮑廷博知不足齋鈔本《賀方回詞》，凡二卷144闋，與殘宋刊本《東山詞》複者八首，其餘各版本皆源於此二者，其中朱祖謀《彊村叢書》爲晚出較善者，而輯佚詞作則以《全宋詞》較完備。〔註199〕本論文以鍾振振校著之《東山詞》爲研究底本，此書分作四卷，前三卷以《彊村叢書》爲底本，第四卷則據《全宋詞》而改編，凡286闋。

〔註195〕　參閱程志媛：《宋代詞學批評研究——批評形式與文化詮釋》（南投：暨南國際大學碩士論文，2001年7月），頁73。

〔註196〕　宋・陳振孫：《直齋書錄解題》，卷21，見錄於任繼愈、傅璇琮編：《文淵閣四庫全書》，史部，冊224。

〔註197〕　宋・黃昇輯：《唐宋諸賢絕妙詞選》，卷4，見錄於施蟄存編：《詞集序跋萃編》（北京：中國社會科學出版社，1994年12月）。

〔註198〕　參閱王兆鵬：《唐宋詞史的還原與建構》（武漢：湖北人民出版社，2005年6月），頁171。

〔註199〕　參閱鍾振振：《北宋詞人賀鑄研究》（臺北：文津出版社，1994年8月），頁487～506。

（二）理論評騭

歷代詞話，按其存在的形式，特別是其所在原書的「文體」來分，可分爲詞話專著、詞籍序跋題記、單篇詞話論文、言之成話的詞作小序，以及從詩話、筆記小說、別集、總集、類書中輯錄出來的條目式的話詞之語。若按其實際內容來分，則有記事、論述、評點、引用等類型。〔註200〕

1、詩話、詞話、筆記

以唐圭璋輯《詞話叢編》爲主，輔以張惠民輯《宋代詞學資料匯編》，並蒐羅其它詩話、詞話及筆記之材料，如張璋等編纂《歷代詞話》、鄧子勉輯《宋金元詞話全編》、中華書局出版《唐宋史料筆記叢刊》等。

2、詞籍（集）序跋

主要參閱金啓華、張惠民等輯《唐宋詞籍序跋匯編》、張惠民輯《宋代詞學資料匯編》、施蟄存輯《詞籍序跋萃編》。

3、論詞絕句、論詞長短句

論詞絕句方面，據王師偉勇《清代論詞絕句初編》輯得 133 家，凡 1067 闋，本論文以此書爲研究底本；論詞長短句方面，則綜覽《全宋詞》、《全金元詞》、《全明詞》、《全明詞補編》、《全清詞·順康卷》、《全清詞順康卷·補編》、《清詞別集百三十四種》等書，並翻閱其它選集，如《國朝詞綜續編》、《瑤華集》、《國朝詞綜補》等。

4、評點資料

散見於歷代各詞選、詞譜中的箋注、品評與眉批。

（三）仿效創作

王國維《人間詞話》云：「最工之文學，非徒善創，亦且善因。」〔註201〕所謂「善因」，是善於仿效、襲用、借鑒前人之作，透過如此

〔註200〕 朱崇才：《詞話學》（臺北：文津出版社，1995 年 1 月），頁 33。
〔註201〕 王國維著、施議對譯注：《人間詞話譯注》（臺北：貫雅出版社，1995 年 5 月），頁 447。

的依循工夫，是對原作接受並重新咀嚼再行創作，可視爲內化後再外
化的產物。創作接受又可分作和韻、仿擬、集句、情感之接受。和韻
方面，蒐集詞題或詞序中寫作「和韻」、「次韻」、「依韻」、「步韻」等
字詞者，亦有未明確標註和韻賀詞，而用賀詞之韻字者。仿擬方面，
收集標示「仿」、「擬」、「效」、「法」、「用」、「改」等字者。集句方面，
則有標明用賀詞者。情感接受方面，多以賀鑄〈橫塘路〉之煙雨斷腸
爲接受主體，竭力蒐羅歷代詞作或詩作中涉及賀詞之斷腸情感者。

第四節　研究價值與侷限

　　本論文援用西方接受美學理論，並以讀者爲中心之觀點論述；然
而讀者反應理論本身亦有其盲點，筆者作爲一分析者，在探求、解釋、
分析歷代對賀詞之接受材料上，雖竭力企圖還原接受者之思想；卻仍
是從筆者的觀點出發，容易產生「讀者既是解釋者又是解釋」，同時
處於「語言系統的內部和話語實踐的語境內部」〔註202〕的盲點。然
而運用接受美學理論，確實能完整建構歷代賀鑄詞之接受史，並能從
中歸納各朝對賀詞的接受態度與消長情形；在蒐羅賀鑄之相關材料
上，亦更爲完善、全面，且歷來研究賀鑄者未見相關論題與研究方法，
故本論文或亦有開創之功。

〔註202〕伊麗莎白・佛洛依德著，陳燕谷譯：《讀者反應理論批評》（臺北：
　　　　駱駝出版社，1994年6月），頁107。

第二章　歷代賀鑄詞的傳播接受

　　詞選是一重要的傳播媒介，對於詞的當代傳播與後世流傳具有的重大作用。它亦是一特殊的輿論形式，不僅保存歷史，還兼具淘汰作用，是爲適應某種時代審美潮流和社會需要而產生的。從接受美學的觀點視之，詞選的消費就是所謂「接受」的過程，包括認讀或使用（指選唱）、解釋闡發、思維受到影響、對原選進行「第二次創作」。〔註1〕選集不僅是中國文學批評的重要組成部分，也是再現詩歌效果史的活化石。通過瞭解選本和詩評詩話作者的特點，考察讀者群的構成和闡釋群體的審美反應。沒有讀者就沒有效果；讀者群的數量、構成及接受熱情的起伏，是研究效果史的重要依據。選本和詩評作者是成熟理想的讀者，其反應和態度極爲值得重視。〔註2〕

　　魯迅言：「選本可以藉古人的文章，寓自己的意見。」〔註3〕用於詞選而言，編者亦是藉編纂詞作以傳達自身的審美觀，每部詞選有其獨特的擇詞標準，陳廷焯《白雨齋詞話》言：「作詞難，選詞尤難。以我之才思，發我之性情，猶易也。以我之性情，通古人之性情，則

〔註1〕參閱蕭鵬：《群體的選擇——唐宋人選詞與詞選通論》（臺北：文津出版社，1992年11月），頁17。

〔註2〕參閱陳文忠：《文學美學與接受史研究》（合肥：安徽人民出版社，2008年4月），頁295。

〔註3〕魯迅：《集外集》（臺北：風雲時代出版公司，1990年3月），頁191。

非易矣。」〔註4〕周銘《林下詞選・凡例》也云：「選詞之難，十倍於詩」〔註5〕需有超凡的藝術評鑒力與獨特之鑑賞力的編者才能選出良善的選本。歷代詩選、詩匯的入選標準儘管各異，但無不以選家和時尚所認定的古今名篇佳作爲對象。家喻戶曉之詞人和詞作，足以成爲輿論和觀念影響社會。〔註6〕歷代選本中，隱藏編者或時代環境特有的審美觀，詳加考察便能從中得到訊息。

　　本章以宋、金、元、明、清歷代有收錄北宋詞作之選本爲研究對象，研究方法的第一步，是先考察各時代選本自身特有的期待視野，全面了解各選本的選詞標準、審美觀念與擇詞情況，再進一步觀察選本中，收錄賀鑄詞作之情形，並分別探究選錄或未收錄賀鑄詞之原因，以建構出歷代選本對賀鑄詞傳播接受之情況。各選本間有誤收現象，以鍾振振校點《東山詞》〔註7〕一書爲底本，並參閱黃啓方《東山詞箋注》〔註8〕一書；賀鑄常有創新調名，歷代詞選中除少數使用賀詞之創調，其餘詞選大多使用原調名，爲求論文之統整一致，均以賀鑄之創調名著錄，於小結作統整分析。

第一節　宋代對賀鑄詞的傳播接受

　　宋詞的傳播方式，主要有口頭傳唱與書面傳播兩大類型。〔註9〕隨著刻印技術與質量的發展進步，各家詞選透過印刷的傳播得以

〔註4〕清・陳廷焯：《白雨齋詞話》，卷8，見錄於唐圭璋編：《詞話叢編》（北京：中華書局，2005年10月），冊4，頁3970。

〔註5〕清・周銘：《林下詞選・凡例》，見錄於《續修四庫全書》（上海：上海古籍出版社，2002年），冊1792，頁1。

〔註6〕參閱蕭鵬：《群體的選擇──唐宋人選詞與詞選通論》（臺北：文津出版社，1992年11月），頁4。

〔註7〕宋・賀鑄著、鍾振振校注：《東山詞》（上海：上海古籍出版社，1989年12月）。

〔註8〕黃啓方：《東山詞箋注》（臺北：嘉新水泥公司，1969年8月）。

〔註9〕王兆鵬：《唐宋詞史的還原與建構》（武漢：湖北人民出版社，2005年6月），頁107。

流傳於世，宋室南渡以後至元代初葉，是詞選的成熟期，此期間出現較多詞選。清・周濟云：「北宋有無謂之詞以應歌，南宋有無謂之詞以應社。」〔註10〕無論是「所謂」之作，抑或「無謂」之作，都具有不容忽視的功能與價值，是風俗行爲的表徵。宋初詞人如晏殊、歐陽脩、柳永、張先之詞，幾乎爲應歌之詞；自蘇軾繼出，雖變「歌者之詞」爲「詩人之詞」，但蘇軾之後的詞壇仍未廢棄應歌之作。〔註11〕南宋以前，詞選作爲唱本被社會消費；南宋以後逐漸轉爲讀本受社會消費，故詞選是當時入樂傳唱、勒石題壁之外最主要的傳播形式之一。〔註12〕宋編詞選至今所見計有六部，其中《絕妙好詞》專錄南宋詞家，與北宋之賀鑄無涉，不在討論範疇之內；因此以其餘之選本，包括《梅苑》、《樂府雅詞》、《增修箋注妙選群英草堂詩餘》、《唐宋諸賢絕妙詞選》、《陽春白雪》五部詞選作爲研究對象，於下表 2－1 統整各選本資料、總收詞數與錄賀詞數，並按收賀詞數多寡依序排列，於後分析各選本之擇詞標準與對賀鑄詞的接受情形。

表 2－1：宋編詞選收賀鑄詞之情況

收賀詞數排名	詞選名	編者	卷數	編選年代	詞家數量	收詞總數	賀詞數量
1	樂府雅詞〔註13〕	曾慥	3 卷、《拾遺》2 卷	北宋至南渡	34	932	46

〔註10〕 清・周濟：《介存齋論詞雜著》，見錄於唐圭璋編：《詞話叢編》，冊 2，頁 1629。

〔註11〕 沈松勤：《唐宋詞社會文化學研究》（杭州：浙江大學出版社，2001 年 1 月），頁 180～181。

〔註12〕 參閱蕭鵬：《群體的選擇——唐宋人選詞與詞選通論》（臺北：文津出版社，1992 年 11 月），頁 3。

〔註13〕 宋・曾慥輯：《樂府雅詞》，見錄於唐圭璋編：《唐宋人選唐宋詞》（上海：上海古籍出版社，2004 年 10 月），上冊，頁 287～488。

收賀詞數排名	詞選名	編者	卷數	編選年代	詞家數量	收詞總數	賀詞數量
2	唐宋諸賢絕妙詞選〔註14〕	黃昇	20卷	唐五代及北宋	134	515	11
3	陽春白雪〔註15〕	趙聞禮	9卷	北宋至南宋末	231	671	7
4	增修箋注妙選群英草堂詩餘〔註16〕	書坊何士信	4卷	唐代至南宋末	103	367	4
5	梅苑〔註17〕	黃大輿	10卷	唐代至南宋初	不明	412	0

一、收錄賀詞之詞選

（一）曾慥《樂府雅詞》

《樂府雅詞》三卷，《拾遺》二卷，曾慥選編。成書於紹興十六年（1146），是現存最早的南宋詞集，收北宋至南宋初年之詞家 34 人，詞作 932 闋，尤以北宋爲主，上、中二卷收北宋詞作，下卷錄南渡之作。〈樂府雅詞引〉：「余所藏名公長短句，裒合成篇，或後或先，非有詮次；多是一家，難分軒輊，涉諧謔則去之，名曰《樂府雅詞》。」〔註18〕其選錄標準是倡雅反俗。曾慥去豔去俗，所選詞人多是高雅之士，所選作品亦多爲醇雅之詞，而以「便歌」爲主。〔註19〕《樂府雅

〔註14〕宋·黃昇輯：《唐宋諸賢絕妙詞選》，見錄於唐圭璋編：《唐宋人選唐宋詞》，下冊，頁 571～680。

〔註15〕宋·趙聞禮輯：《陽春白雪》，見錄於《續修四庫全書》，集部，冊 1728，頁 293～395。

〔註16〕宋·書坊編、何士信增修：《增修箋注妙選群英草堂詩餘》，見錄於《續修四庫全書》，集部，冊 1728，頁 17～63。

〔註17〕宋·黃大輿輯：《梅苑》，見錄於唐圭璋編：《唐宋人選唐宋詞》，上冊，頁 191～286。

〔註18〕宋·曾慥輯：《樂府雅詞·引》，見錄於唐圭璋編：《唐宋人選唐宋詞》，上冊，頁 295。

〔註19〕參閱龍榆生：《龍榆生詞學論文集》（上海：上海古籍出版社，1997年），頁 66。

詞》選歐陽修詞 83 首，爲擇錄之最大宗，評歐陽脩詞曰：「歐公一代儒宗，風流自命，詞章幼眇，世所矜式。當時小人或作艷曲，謬爲公詞，今悉刪除。」〔註20〕此不僅顯示曾慥對歐陽脩的尊崇，更說明曾慥對豔詞持有否定之態度。收詞數量位居前列者尚有爲葉夢得、舒亶。此外，「俗詞」與雅詞不相容，故「凡有井水飲處即歌」的柳永詞也無緣收入《樂府雅詞》的殿堂。是書於卷中錄賀鑄 46 闋詞，收詞數排名第四，足見曾慥對賀鑄之重視。

（二）書坊、何士信《增修箋注妙選群英草堂詩餘》

　　《增修箋注妙選草堂詩餘》（以下簡稱《草堂詩餘》），前集二卷，後集二卷，署名「建安古梅何士信君實編選」，應爲宋書坊原編，何士信增修箋注。是書選錄唐、五代、宋詞 367 闋，而以宋詞爲主。選本分前、後二集，前集依季節分「春景」、「夏景」、「秋景」、「冬景」四類，後集分「節序」、「天文」、「地理」、「人物」、「人事」、「飲饌器用」、「花禽」七類，屬「分類編次本」，每類下又分子目，此種細分類與目之目的是便於歌者，〔註21〕收錄之詞作皆是流麗平易，便於傳唱。收詞數名列前茅者爲周邦彥、秦觀、蘇軾、柳永、歐陽修、康與之。僅收賀詞 4 闋，錄詞數排名居十名之後，其中無名氏〈青玉案〉（凌波不過）一闋應爲賀鑄之詞。前集「春景類」收〈薄倖〉（豔眞多態）〔註22〕、〈青玉案〉（凌波不過）、〈望湘人〉（厭鶯聲到枕）三闋，後集「節序類」下的「立春」收〈臨江仙〉（巧翦合歡）一闋。同爲「應歌」之便的《樂府雅詞》與《草堂詩餘》二選本，收賀詞之數量與排名卻有如此大的差異，主要導因於《樂府雅詞》特爲強調詞的「高雅」格調，而《草堂詩餘》則兼收

〔註20〕宋・曾慥輯：《樂府雅詞・引》，見錄於唐圭璋編：《唐宋人選唐宋詞》，上冊，頁 295。

〔註21〕參閱吳熊和：《唐宋詞通論》（杭州：浙江古籍出版社，1985 年），頁 340～341。

〔註22〕《草堂詩餘》作「淡粧多態」。

雅俗之作，賀鑄詞風多樣，不專屬一格，《草堂詩餘》因擴大擇詞範圍，以致賀詞無法從中脫穎而出。

（三）黃昇《唐宋諸賢絕妙詞選》

　　《唐宋諸賢絕妙詞選》與《中興以來絕妙詞選》此二書合稱《花庵詞選》，為南宋淳祐間黃昇編，於淳祐九年（1249）編成付梓。〔註23〕黃昇，字叔暘，號玉林，又號花庵詞客。《中興以來絕妙詞選》十卷，選錄南宋詞，與賀鑄無關，故不予討論。《唐宋諸賢絕妙詞選》十卷，一至八卷自唐李白至南宋王昂，第九卷禪林，第十卷閨秀，共134家，詞作515闋。黃昇〈自序〉言：

> 暇日裒集，得數百家，名之曰《絕妙詞選》。佳詞豈能盡錄？亦嘗鼎一臠而已。然其盛麗如游金、張之堂，妖冶如攬嬙、施之袪，悲壯如三閭，豪俊如五陵。花前月底，舉杯清唱，何以紫簫，節以紅牙，飄飄然作騎鶴揚州之想，信可樂也！
> 〔註24〕

論及選詞在博采約取，眾美皆收，詞家菁英盡萃於焉，所收詞作的風格呈現多樣性。全書收詞數位居前列者為蘇軾、歐陽脩、周邦彥、秦觀，皆為北宋詞家，且豪放與婉約詞風並存。清・陳匪石《聲執》評之曰：「唐五代以來，千門萬戶，無所不收，頗能存各人之真面目。與《陽春白雪》、《絕妙好詞》之有宗派者不同。」〔註25〕說明是書能呈現不同風格之面貌。選本於卷四收賀鑄11闋詞，宋代詞選錄賀詞數僅次於《樂府雅詞》。每闋詞下皆注有類別，於〈青玉案〉（凌波不過）一闋下注：「山谷稱此詞云『解到江南斷腸句，世間只有賀方回。』」

〔註23〕參閱王兆鵬：《詞學史料學》（北京：中華書局，2009 年 2 月），頁330。
〔註24〕宋・黃昇輯：《唐宋諸賢絕妙詞選・序》，見錄於施蟄存編：《詞集序跋萃編》（北京：中國社會科學出版社，1994 年 12 月），頁 661。
〔註25〕清・陳匪石撰：《聲執》，見錄於唐圭璋編：《詞話叢編》，冊 5，頁4957。

〈薄倖〉（豔真多態）〔註26〕注：「憶故人」，〈浣溪沙〉（樓角初銷）〔註27〕下注：「閨思」，〈浣溪沙〉（閒把琵琶）注：「春愁」，〈浣溪沙〉（鸚鵡無言）注：「春事」，〈菩薩蠻〉（章臺遊冶）注：「閨思」，〈南柯子〉（斗酒纔供淚）〔註28〕注：「別恨」，〈望湘人〉（厭鶯聲到枕）注：「春思」，〈感皇恩〉（蘭芷）注：「記別」，〈臨江仙〉（巧翦合歡）注：「立春」，〈憶秦娥〉（曉朦朧）注：「春思」。所收之詞多是賀鑄閨思愁緒之作。

（四）趙聞禮《陽春白雪》

　　《陽春白雪》凡八卷，《外集》一卷，為南宋後期趙聞禮編選，約編成於理宗淳祐十年至景定二年（1250～1262）間。〔註29〕《陽春白雪・正集》錄雅正精妙之作；《外集》則選張元幹、辛棄疾一派之作品，多為豪放之音。《陽春白雪》收詞數量居前者為史達祖、吳文英、周邦彥、辛棄疾、姜夔，偏重南宋詞作，北宋惟有周邦彥一人入選前五名。是書擇錄題作賀鑄之詞9闋，誤收張孝祥之詞〈眼兒媚〉（蕭蕭江上荻花秋）、高觀國〈浣溪沙〉（一色煙雲），收詞包括〈謁金門〉（楊花落）、〈石州引〉〔註30〕（薄雨收寒）、〈浣溪沙〉（鸚鵡無言）、〈風流子〉（何處最難忘）、〈風流子〉（結客少年場），《外集》收〈小梅花〉（城下路）、（縛虎手）兩闋，實共賀詞7闋，對於賀鑄婉約與豪放之詞風皆有涉獵。《陽春白雪》選詞重心已轉向南宋，綜覽選本中收錄其它北宋詞家如蘇軾、秦觀、柳永、張先，收詞數均在3闋以下；而賀鑄能在眾家詞人中獲選8闋詞，排名居十名之後，但於收錄的北宋詞人中卻是位居第二，可得知趙聞禮對賀鑄接受程度偏高。

〔註26〕　《唐宋諸賢絕妙詞選》作「淡妝多態」。
〔註27〕　《唐宋諸賢絕妙詞選》作「樓角紅銷」。
〔註28〕　《唐宋諸賢絕妙詞選》作「斗酒才供淚」。
〔註29〕　參閱王兆鵬：《詞學史料學》（北京：中華書局，2009年2月），頁333。
〔註30〕　《陽春白雪》作〈石州影〉。

二、未收賀詞之詞選：黃大輿《梅苑》

《梅苑》十卷，黃大輿輯，於建炎三年己酉（1129）冬編成。〔註31〕收錄唐五代至南宋初的詠梅詞共計 412 闋詞，爲現存最早之專題詞選與詠物詞選。錄詞排列方式既不按調編列，也不以詞家排列，且題名中的名、字、號雜亂湊合，缺乏嚴謹完善的編排系統。黃大輿序中言：「錄唐以來詞人才士之作，以爲齋居之玩。」〔註32〕道出編選目的是爲齋居之玩，既未全面選錄詠梅之作，也非供給歌工樂女演唱，是詞選從歌樂唱本走向文學讀本的演變標誌。序中又云：「目之曰《梅苑》者，詩人之義，託物取興。屈原制騷，盛列芳草，今之所錄，蓋同一揆。聊書卷目，以貽好事云。」〔註33〕《梅苑》集梅花詞以繼承屈原列芳草之意。梅本身的文化意涵是高潔清雅，象徵宋代文學注重韻味的美學形態，也顯示選者著眼於詞人自身散發的風骨精神。本書無收賀鑄之詞；然縱觀賀鑄詞作，亦有詠梅者如〈南歌子〉（心戁黃金縷）：

> 心戁黃金縷，梢垂白玉團。孤芳不怕雪霜寒。先向百花頭
> 上、探春寒。　　　傍水添清韻，橫牆露粉顏。夜來和月起
> 憑闌。認得暗香微度、有無間。（《東山詞箋注》，頁 125）

此作以梅花堅忍之特性，比擬自己高潔的情操。「孤芳不怕雪霜寒」一句，隱約透露自己即使孤寂，處於劣勢，不爲世所用，但依舊挺立於霜雪之中；惜不見錄於《梅苑》一書，黃大輿輯此書本爲齋居之玩，因此有所遺漏也無可厚非。

宋代詞選擇錄賀詞數居冠者爲曾慥輯《樂府雅詞》，收賀詞 46闋；其次爲黃昇輯《唐宋諸賢絕妙詞選》，收賀詞 11 闋；排名第三爲

〔註31〕 參閱王兆鵬：《詞學史料學》（北京：中華書局，2009 年 2 月），頁317。

〔註32〕 宋・黃大輿輯：《梅苑・序》，見錄於唐圭璋編：《唐宋人選唐宋詞》，上冊，頁 195。

〔註33〕 宋・黃大輿輯：《梅苑・序》，見錄於唐圭璋編：《唐宋人選唐宋詞》，上冊，頁 195。

趙聞禮輯《陽春白雪》，收賀詞9闋；再者爲書坊輯《草堂詩餘》，收賀詞4闋；而黃大輿輯《梅苑》並未收錄賀詞。〈青玉案〉（凌波不過）、〈薄倖〉（豔眞多態）、〈浣溪沙〉（鸚鵡無言）三闋詞爲宋編詞選中最常收錄之作。宋代詞選中他人詞作誤題爲賀詞之情況僅有一例，即《陽春白雪》中誤收張孝祥〈眼兒媚〉（蕭蕭江上）一闋，至明代以後之詞選，誤收他人詞作之現象則越趨頻繁。宋編詞選收賀鑄詞之情況以下表2-2呈現。

表2-2：宋編詞選收賀鑄詞作一覽表

宋編詞選 ＼ 收錄詞作	黃大輿 梅苑	曾慥 樂府雅詞	書坊 草堂詩餘	黃昇 唐宋諸賢絕妙詞選	趙聞禮 陽春白雪	總計
青玉案·凌波		√	√	√		3
薄倖·豔眞		√	√	√		3
浣溪沙·鸚鵡無言		√		√	√	3
望湘人·厭鶯聲			√	√		2
感皇恩·蘭芷		√		√		2
菩薩蠻·章臺		√		√		2
風流子·何處		√			√	2
浣溪沙·閒把		√		√		2
浣溪沙·樓角		√		√		2
臨江仙·巧翦			√	√		2
浣溪沙·鼓動		√				1
浣溪沙·煙柳		√				1
浣溪沙·夢想		√				1
浣溪沙·鸚鵡驚人		√				1
浣溪沙·三扇		√				1
清平樂·陰晴		√				1

宋編詞選　　　收錄詞作	黃大輿　梅苑	曾慥　樂府雅詞	書坊　草堂詩餘	黃昇　唐宋諸賢絕妙詞選	趙聞禮　陽春白雪	總計
清平樂・小桃		√				1
攤破浣溪沙・湖上		√				1
攤破浣溪沙・雙鳳		√				1
菩薩蠻・子規		√				1
浣溪沙・秋水		√				1
燭影搖紅・波影		√				1
下水船・芳草		√				1
惜分飛・皎鏡		√				1
如夢令・綵舫		√				1
如夢令・蓮葉		√				1
鷓鴣天・紫府		√				1
鷓鴣天・怊悵		√				1
鶴沖天・鼕鼕		√				1
小重山・花院		√				1
小重山・飄徑		√				1
獻金杯・風軟		√				1
六州歌頭・少年		√				1
浣溪沙・翠縠		√				1
浣溪沙・雲母		√				1
浣溪沙・疊鼓		√				1
浣溪沙・蓮燭		√				1
浣溪沙・宮錦		√				1
浣溪沙・青翰		√				1
浣溪沙・浮動		√				1

宋編詞選 / 收錄詞作	黃大興 / 梅苑	曾慥 / 樂府雅詞	書坊 / 草堂詩餘	黃昇 / 唐宋諸賢絕妙詞選	趙聞禮 / 陽春白雪	總計
浣溪沙・兩點		√				1
浣溪沙・清淺		√				1
江城子・麝薰		√				1
浪淘沙令・一夜		√				1
金人捧露盤・控滄江		√				1
玉樓春・佩環		√				1
玉樓春・銀簧		√				1
蝶戀花・小院		√				1
南歌子・斗酒				√		1
憶秦娥・曉朦朧				√		1
謁金門・楊花落					√	1
石州引・薄雨					√	1
小梅花・城下路					√	1
小梅花・縛虎手					√	1
風流子・結客					√	1
浣溪沙・一色					◎	1
眼兒媚・蕭蕭					◎	1
收錄賀詞數總計	0	46	4	11	7	

√表詞選收錄賀鑄之詞

◎表他人之作誤題爲賀鑄之詞。爲保留接受之原貌，仍將誤收之作呈現於表格中。

第二節　金、元代對賀鑄詞的傳播接受

　　金、元二代收宋詞之詞選並不多見，主要有《樂府補題》、《元草堂詩餘》、《天下同文》、《鳴鶴餘音》、《中州樂府》五部選本，以下討論金、元各詞選之編纂概況與收詞情形。

　　《樂府補題》一卷，爲宋末元初遺民應社詠物詞集，賦詠龍涎香、白蓮、蓴、蟬、蟹五物，收王沂孫、周密等詞家 14 人，詞作共 37 闋，詠物之詞皆有寄託之意，表達遺民詞人在異族統治下產生的身世之感，也蘊含愛國思想的表達與體現。與同爲詠物詞集之南宋《梅苑》相比，在藝術風格與內容思想上已是更進一步。《元草堂詩餘》，又名《精選名儒草堂詩餘》、《續草堂詩餘》，凡三卷，元鳳林書院輯，亦稱《鳳林書院草堂詩餘》。收詞人 63 家，203 闋詞。是書去取的精善可與周密《絕妙好詞》相提並論，選詞多南宋淒惻傷感之作，秦恩復曰：「《鳳林書院名儒草堂詩餘》三卷，雖錄於元代，猶是南宋遺民，寄託遙深而音節激楚。」〔註34〕《金元詞學研究》言此書所收故國之思者數量確實不少，但觀所輯之題材則十分廣泛，所收詞家非如厲鶚所言「皆南宋遺民」，詞作也不僅是「故國之思」。〔註35〕《中州樂府》，爲金詞唯一總集，元好問編，收錄金代詞人 36 家，共計 113 闋。是以人繫詞，並附以小傳。〈中州樂府後序〉言：「《中州樂府》作於金人吳彥高輩，雖當衰亂之極，今味其辭意，變而不移，慨而不困，婉而不迫，達而不放，正而不隨，蓋古詩之餘響也。」〔註36〕處於衰亂之際，南宋之文弱聲情已不符當時社會，所選之詞多爲雄闊蘊藉者，清・陳匪石《聲執》言：「國勢新造，無黍離〔註37〕麥秀之感，故與南宋之柔麗者不同。」〔註38〕此選兼收「綿麗之作，而氣象實以代表北方者爲多。」〔註39〕元好問《中州集》收金人之作，然綜觀全書，

〔註34〕清・秦恩復：〈元草堂詩餘跋〉，見錄於金啓華等編：《唐宋詞集序跋匯編》（臺北：臺灣商務印書館，1993 年 2 月），頁 371。

〔註35〕參閱丁放：《金元詞學研究》（北京：中國社會科學出版社，2002 年 5 月），頁 69～79。

〔註36〕毛鳳韶：〈中州樂府後序〉，見錄於金啓華等編：《唐宋詞集序跋匯編》，頁 371。

〔註37〕《詞話叢編》「黍離」作「禾油」。

〔註38〕清・陳匪石撰：《聲執》，卷下，見錄於唐圭璋編：《詞話叢編》，冊 5，頁 4961。

〔註39〕清・陳匪石撰：《聲執》，卷下，見錄於唐圭璋編：《詞話叢編》，冊 5，頁 4961。

卻有收〈小梅花〉（城下路）〔註40〕一首，誤題爲高憲之作；此首詠
史詞是用諷刺的口吻，嘲弄追求權位名利之人。元好問將宋人之作誤
爲金人之詞，疑於失考，但能肯定賀鑄此首詞挾幽幷之氣，爲時人所
好。《天下同文》，爲周南瑞所編之詩詞總集，原書甲集五十卷，全四
十七卷爲詩集，後三卷爲詞集，收錄元代詞人盧摯、姚雲、王夢應、
顏奎、羅志仁、詹玉、李琳七家共 29 闋，除盧摯外，餘六人之詞皆
據《元草堂詩餘》抄錄，價值不大。〔註41〕《鳴鶴餘音》，彭致中編，
收唐至元代道家詞，共錄 36 家，508 闋，此書亦有校勘之價值。

　　上述之詞選皆未收題爲賀鑄之詞，僅《中州集》收賀鑄一闋詞，
卻誤題爲他人之作，總體而論，金、元兩代對賀鑄詞的傳播接受呈現
停滯的現象。從金、元時代背景下推究其因，可歸納以下幾點：

一、外族政治介入，文人地位低賤

　　元代在學術上，輕儒賤文。元太宗九年（1237 年）嘗行科舉，
其後則廢置不行，文士儒生遭世人鄙視。政治上，元初征戰多殺戮之
氣，行高壓統治，綱紀敗壞，諸王樹黨爭立，權貴強取豪奪，暴政酷
刑，人民顛沛流離，文人才子處此亂世，欲求苟全，爲文作詩多有忌
諱，此時期多含悽愴之音。

二、新興音樂傳入，詞體趨向衰微

　　兩宋舊調歌詞因外來音樂的加入，北曲登場，舊詞難披管弦，中
原音樂使產生變化。又當時學術思想受鉗制，傳統文學已盛後難乎後
繼，多數作者轉向投入新興的「曲」，詩、詞、文漸衰，因此詞學在
元代是沉寂不興的。〔註42〕

〔註40〕《中州集》作〈貧也樂〉。參閱金・元好問編：《中州集》，見錄於《景
　　　　印文淵閣四庫全書》，集部，冊 1365，頁 375。
〔註41〕丁放：《金元詞學研究》（北京：中國社會科學出版社，2002 年 5 月），
　　　　頁 80。
〔註42〕參閱張子良：《金元詞述評》（臺北：華正書局，1979 年 7 月），頁
　　　　117～119。

三、歷史環境影響，崇尚雄健之風

　　金元時期的詞壇，由於受地域的影響，崇尚雄健清剛之氣，輕視柔婉靡麗之風，故而他們的論詞傾向與南宋詞壇頗有相通之處，及推崇以蘇辛爲首的豪放詞風；嘲笑秦觀、晁補之、賀鑄及晏幾道等詞家的婉變柔靡之風。〔註43〕賀詞的詞風多變，時而柔美、時而豪氣，風格多樣；金元詞壇特賞豪放一派，而賀詞之豪俠詞風，不似蘇辛之詞那般突出且具代表性，因此在崇尚雄健豪爽詞風的時代裡，賀詞未能從中脫穎而出，金元時代可謂賀詞接受的沉寂時期。

第三節　明代對賀鑄詞的傳播接受

　　元代中葉以後至明末，是詞學的衰弱期。明詞之不振，受到整個文學趨勢與創作環境之改變的影響。元、明之際，詞體衰微，樂譜無傳，明詞衰敝不在於沒有作品產生，但總體而言，明詞的創作僅流於淫哇輕靡，格調不高。〔註44〕有明一代之詞選，處於文藝思潮、學術流派、新興文體以及政治、經濟等競露頭角之氛圍中，產生起伏變化，形成特殊面貌，而體現明詞盛衰之軌跡。〔註45〕若就詞選數量來看，此期並不蕭條；尤其嘉靖、萬曆年間選詞特盛。明代科舉推行八股取士，致使士人結爲文社，揣摩文風，切磋技巧，以提高應試機會，因此編選合適的選本作爲習作範本，成爲明末的普遍現象。〔註46〕宋代僅六部詞選，至明代的詞選數則增至雙倍；然而選詞不嚴肅，是明人

〔註43〕王水照：《宋代文學通論》（高雄：高雄復文圖書出版社，2000 年），頁 535。

〔註44〕參閱陶子珍：《明代詞選研究》（臺北：威秀資訊科技，2003 年 7 月），頁 25。

〔註45〕參閱陶子珍：《明代詞選研究》（臺北：威秀資訊科技，2003 年 7 月），頁 10。

〔註46〕參閱陳水雲：《清代詞學發展史論》（北京：學苑出版社，2005 年 7 月），頁 79。

詞選之大弊。〔註47〕儘管元選蕭索而明選蕪雜，〔註48〕但也正反映時代背景下產生的選詞情況。明人選編而見諸著錄者有二十餘種，其中最引人注目即是《草堂詩餘》系列。〔註49〕其後詞壇開始反對擬古之風，因此在擇詞編準上出現不同意見，也影響對賀詞的接受態度。

　　元代以後，詞的創作與音樂形式分離，作詞者無法再按譜填詞，是故明代詞家始有編制以自聲格律爲主要內容的詞譜，明確規範詞的格律，對詞學研究與創作起了重大作用；《詞學筌蹄》開詞譜之先河，《詩餘圖譜》的創立則有篳路藍縷之功，至《文體明辨》擴大格律譜的製作內容，後程明善將之編入《嘯餘譜》，是從無規範到有規範之標誌；由於格律譜的建構，使詞家對於詞體的格律節奏擁有更深入的認識，可作爲創作的準則。〔註50〕詞譜編選是以備體爲主，觀明代詞譜選錄賀鑄之現象，可進一步了解明人對賀詞創調之功的接受情形。以下分就明編詞選與詞譜之編選標準與收賀詞情形加以剖析，期建構出明代對賀鑄詞的傳播接受。

一、明編詞選對賀詞之接受概況

　　唐宋時期，詞有時稱作「曲子詞」，鮮明標示了詞與音樂的緊密關係，加上傳播主體——歌妓之參與，形成唐宋詞主要的傳播形式。明代則缺少這種有力的傳播形式，故詞以具有自己時代色彩的方式傳播，如選本、總集與別集。〔註51〕明代詞選收北宋詞者計有十二部，

〔註47〕參閱蕭鵬：《群體的選擇——唐宋人選詞與詞選通論》（臺北：文津出版社，1992 年 11 月），頁 232。

〔註48〕參閱蕭鵬：《群體的選擇——唐宋人選詞與詞選通論》（臺北：文津出版社，1992 年 11 月），頁 18～19。

〔註49〕張仲謀著：《明詞史》（北京：人民文學出版社，2002 年 2 月），頁335。

〔註50〕參閱江合友：《明清詞譜史》（上海：上海古籍出版社，2008 年 5 月），頁 2。

〔註51〕參閱余意：《明代詞學之建構》（上海：上海古籍出版社，2009 年 7月），頁 54。

下表 2－3 爲明代詞選之編排情形、收詞總數與錄賀詞數之統計，並按收詞數多寡依序排列，於後依時代順序探究各選本的收詞標準與對賀鑄詞之接受概況。

表 2－3：明編詞選收賀鑄詞之情況

收賀詞數排名	詞選名	編者	卷數	編排方式	編選年代	收詞總數	賀詞數量
1	花草粹編〔註52〕	陳耀文	12 卷	分調編次	晚唐至元代	3702	44
2	古香岑草堂詩餘〔註53〕	沈際飛	17 卷	分調編次	唐代至明代	463	13
3	精選古今詩餘醉〔註54〕	潘游龍	15 卷	分類編次	唐代至明代	1395	12
4	古今詞統〔註55〕	卓人月徐士俊	16 卷	分調編次	唐代至明代	2037	11
5	詞林萬選〔註56〕	楊慎	4 卷	隨意編次	唐代至明代	234	8
6	天機餘錦〔註57〕	佚名	4 卷	分調編次	唐代至明代	1225	8

〔註52〕明‧陳耀文輯：《花草粹編》，見錄於《景印文淵閣四庫全書》（臺北：臺灣商務印書館，1983 年 6 月），集部，冊 498～499。

〔註53〕明‧顧從敬輯、沈際飛評：《古香岑草堂詩餘》，明崇禎間太末翁少麓刊本，現藏於國家圖書館。

〔註54〕明‧潘游龍：《精選古今詩餘醉》（瀋陽：遼寧教育出版社，2003 年 3 月）。

〔註55〕明‧卓人月、徐士俊輯：《古今詞統》，見錄於《續修四庫全書》，集部，冊 1728～1729。

〔註56〕明‧楊慎輯：《詞林萬選》，見錄於王文才、萬光治等編注：《楊升庵叢書》（成都：天地出版社，2002 年），冊 6。

〔註57〕明‧南宋書賈輯，王兆鵬、黃文吉、童向飛校點：《天機餘錦》（瀋陽：遼寧教育出版社，2000 年 1 月）。

收賀詞數排名	詞選名	編者	卷數	編排方式	編選年代	收詞總數	賀詞數量
7	類選箋釋續選草堂詩餘〔註58〕	錢允治	2卷	分調編次	唐代至明代	520	7
8	詞的〔註59〕	茅暎	4卷	分調編次	唐代至明代	392	4
9	類選箋釋草堂詩餘〔註60〕	顧從敬	6卷	分調編次	唐代至明代	443	2
10	百琲明珠〔註61〕	楊慎	5卷	隨意編次	唐代至明代	159	2
11	詞菁〔註62〕	陸雲龍	2卷	分類編次	唐代至明代	270	1
12	唐宋元明酒詞〔註63〕	周履靖	2卷	隨意編次	唐代至明代	134	1

（一）顧從敬《類選箋釋草堂詩餘》

《類選箋釋草堂詩餘》凡六卷、續二卷，《國朝詩餘》五卷等三種合科，卷端首頁題「上海顧從敬類選，雲間陳繼如重校，吳郡陳仁錫參訂」，每卷前皆有目錄，註明詞調名與詞數，依字數多寡排列，分小令、中調、長調，是按詞調編排的「分調編次本」。共收 443 闋詞，且每闋詞均題有「夏景」、「晚景」、「春恨」、「春閨」、「秋怨」等

〔註58〕明・錢允治、陳仁錫箋釋：《類編箋釋續選草堂詩餘》，見錄於《續修四庫全書》，集部，冊 1728，頁 175～292。

〔註59〕明・茅暎編：《詞的》，見錄於《四庫未收書輯刊》（北京：北京出版社，2000 年），捌輯，冊 30，頁 467～534。

〔註60〕明・顧從敬、錢允治輯：《類編箋釋草堂詩餘》，見錄於《續修四庫全書》，集部，冊 1728，頁 65～174。

〔註61〕明・楊慎輯：《百琲明珠》，見錄於王文才、萬光治等編注《楊升庵叢書》，冊 6。

〔註62〕明・陸雲龍輯：《翠娛閣評選行笈必攜詞菁》，現藏於中國國家圖書館。

〔註63〕明・周履靖輯：《唐宋元明酒詞》（臺北：臺灣商務印書館，1969 年4 月）。

類別。是書收詞數位居前五者爲周邦彥、秦觀、蘇軾、康與之、歐陽
脩，與《草堂詩餘》所選幾乎相同。收題作賀詞4闋，誤收蘇軾〈點
絳唇〉（紅杏飄香）、蔡伸〈柳梢青〉（子規啼血）兩闋，實收賀詞僅
2闋，完全承繼《草堂詩餘》所收之詞；觀顧從敬所選之賀鑄詞，〈青
玉案〉（凌波不過）分類爲「春暮」、〈臨江仙〉（巧翦合歡）分類爲「立
春」，皆爲「春景」一類。

（二）錢允治《類選箋釋續選草堂詩餘》

《類選箋釋續選草堂詩餘》（以下簡稱《類編續選本》）分上、下
二卷，卷內署名「長洲錢允治箋釋，同邑陳仁錫校閱」，卷上之目錄，
錄有詞調與詞數，但與篇中擇錄數有出入；卷下之目錄擇殘區不全。
收詞範圍涵蓋唐、五代、宋、金、元、明朝，而以宋詞爲主；收錄詞
家名，大多以字號爲主，但有同一人卻出現不同稱呼之現象。選錄詞
家，除無名氏外，共計66人。〔註64〕全書依詞調字數多寡分爲小令、
中調、長調，每闋詞之前亦有「秋閨」、「閨情」、「春情」、「閨怨」、「秋
望」、「佳人」等類別，屬「分調編次本」。收題作賀詞7闋，誤收陳
克詞〈謁金門〉（花滿院），秦觀〈長相思慢〉（鐵甕城高）應爲賀詞，
選目包括〈浣溪沙〉（鸚鵡驚人）分類爲「晚景」、〈浣溪沙〉（宮錦袍
熏）〔註65〕分類爲「春遊」、〈攤破浣溪沙〉（錦韝朱絃）分類爲「彈
箏」、〈南柯子〉（斗酒纔供淚）分類爲「別思」、〈瑞鷓鴣〉（月痕依約）
分類爲「閨情」、〈踏莎行〉〔註66〕（急雨收春）分類爲「春暮」；《類
編續選本》所收不再侷限於「春景」之詞，稍加擴大收錄賀鑄詞的題
材，但對於賀鑄幽潔沉鬱之類的作品仍較忽略。

（三）沈際飛《古香岑草堂詩餘》

《古香岑草堂詩餘》（以下簡稱《詩餘四集》），十七卷，明顧從

〔註64〕陶子珍：《明代詞選研究》（臺北：威秀資訊科技，2003年7月），頁
　　　　69～70。
〔註65〕《類編續選本》作「宮錦袍藍」。
〔註66〕《類編續選本》作〈一斛珠〉。

敬輯、沈際飛評，爲《草堂詩餘正集》、《草堂詩餘續集》、《草堂詩餘別集》、《草堂詩餘新集》四種書之合編，體例統一，時代相接，匯編成爲《草堂詩餘》系列選本，更在《草堂詩餘》的基礎上加以「著品」，即品評點校；又「定譜」，先評斷《詩餘圖譜》之得失：「每調前具圖，後繫辭，於宮調失傳之日，爲之規規而矩矩，誠功臣也。但查卷中，一調先後重出，一名有中調、長調，而合爲一調，舛錯非一。」〔註67〕因此自言：「以一調爲主，參差者明註字數多寡。」沈際飛〈詩餘四集序〉道出詞之特性：「以參差不齊之句，寫郁勃難狀之情，則尤至也。」因此更言：「詩餘之傳，非傳詩也，傳情也。傳其縱古橫今，體莫備於斯也。」〔註68〕是知沈際飛選詞重詞中之「情」，正集收賀詞 5 首、續集收 7 首、別集收 1 首、新集未錄賀詞，共計錄賀詞 13 首。

《草堂詩餘正集》，六卷，署名「雲間顧從敬類選，吳郡沈際飛評正」。是將顧從敬類編本重新分卷，增至 470 闋詞，且加圈批點，凡詞人題名異議者皆有標註，收錄賀詞 5 首。卷一收〈點絳唇〉（紅杏飄香），作者名下有注曰：「一作東坡」，是爲東坡之詞，未詳加考證仍收於賀詞，又誤收蔡伸〈柳梢青〉（子規啼血）。此外尚收〈浣溪沙〉（樓角初銷）分類爲「晚景」，評曰：「淡黃句與秦虛度藕葉清香勝花氣，寫景詠物造微入妙。」卷二收〈臨江仙〉（巧翦合歡），分類爲「人日」，下注曰：「作立春誤」，評「艷歌淺笑笑拜嫣然。顧郎宜此酒。行樂駐華年。」以下三句爲：「嬌媚逼來，讀者神醉」，言「人歸落雁後。思發在花前」兩句：「在天地中有限」，是抒發自深感觸。又收〈青玉案〉（凌波不過）分類爲「春暮」，評「惟有春知處」一句是「知我者其天乎一般口氣」，評「試問閒愁都幾許？一川煙草，滿

〔註67〕明・沈際飛：〈詩餘四集序〉，見錄於明・顧從敬輯、沈際飛評：《古香岑草堂詩餘》，明崇禎間太末翁少麓刊本，現藏於國家圖書館。

〔註68〕明・沈際飛：〈詩餘四集序〉，見錄於明・顧從敬輯、沈際飛評：《古香岑草堂詩餘》，明崇禎間太末翁少麓刊本，現藏於國家圖書館。

城風絮，梅子黃時雨」曰：「疊寫三句閒愁眞絕唱」，是特賞賀鑄此句。
卷五收〈望湘人〉（厭鶯聲到枕），評首三句「鶯目聲而到枕，花何氣
而動簾，可稱葩藻，厭字嶙峋。」又曰：「厭鶯而幸燕，文人無賴」，
是讚賞賀詞藝術技巧。〈薄倖〉（豔眞多態）〔註69〕分類爲「春情」，
評「便認得」兩句：「識英雄俊眼兒」，評「輕顰微笑嬌無奈」：「無奈
是嬌之神」，是品評賀詞的用字精巧。

《草堂詩餘續集》，二卷，署名「毗陵長湖外史類輯，姑蘇天羽
居士評箋」。以小令、中調、長調三類編排，收入唐宋金元詞225首。
收賀詞7首，上卷收〈浣溪沙〉（鸚鵡驚人）分類爲「晚景」，評「烏
鵲橋邊河絡角，鴛鴦樓外月西南。門前嘶馬弄金銜。」是「俗化雅，
更簡遠」。收〈攤破浣溪沙〉（錦韉朱絃）〔註70〕，評曰：「好模好樣」。
〈浣溪沙〉（宮錦袍熏）〔註71〕分類爲「春遊」，未有品評。收〈南柯
子〉（斗酒纔供淚）〔註72〕，評曰：「翻李詞『只恐雙溪舴艋舟，載不
動許多愁。』驚人。」下卷收〈瑞鷓鴣〉（月痕依約）分爲「閨情」，
評「初未識愁」二句：「飛過東牆不肯歸，絮誠似郎」，又言「閒倚繡
簾吹柳絮」二句：「妾似堤邊絮還非的語」。〈踏莎行〉（急雨收春）分
類爲「春暮」，評上片爲「騷瑣」，評「年年游子惜餘春，春歸不解招
游子」此二句「曲而通」。又評「留恨城隅，關情紙尾。闌干長對西
曛倚」曰：「窈窕」。又收秦觀〈長相思慢〉（鐵甕城高）應爲賀鑄之
詞，評曰：「切題」。

《草堂詩餘別集》，四卷，署名「婁城沈際飛評，東魯秦士奇訂
定」，選錄唐宋金元詞，共計463首，是《草堂詩餘》之續編。收賀
詞僅〈憶秦娥〉（曉朦朧）一首，分類爲「春思」，評曰：「無深意，
獨是像唐調，不像宋調。」〈憶秦娥〉爲小令，賀鑄此闋詞直白的描

〔註69〕《草堂詩餘正集》作「淡妝多態」。
〔註70〕《草堂詩餘續集》作「錦韉朱弦」。
〔註71〕《草堂詩餘續集》作「宮錦袍藍」。
〔註72〕《草堂詩餘續集》作〈南柯子〉（斗酒才供淚）。

寫心上人離去，用語淺近，確實不似賀鑄如〈天門謠〉（牛渚）或〈小梅花〉（城下路）等詞那般具有深意，因此沈際飛認爲此闋詞似唐調。《草堂詩餘新集》，五卷，以錢允治《國朝詩餘》爲基礎刪補，以小令、中調、長調分類編選，選詞共 520 首。因所選皆收明人詞作，與賀鑄無涉，因此不予以討論。

　　此三選本是據宋人《草堂詩餘》重編而來，《草堂詩餘》爲分類本，是爲應歌而作，龍沐勛〈選詞標準論〉云：「詞集之編次，無論別集與選本，凡以宮調類列，或以時令物色分題者，皆所以便於應歌。」〔註73〕後因唐宋詞樂失傳，唱本功能喪失，至明代已被當作讀本，因此《類選箋釋草堂詩餘》、《類編續選本》與《詩餘四集》爲應時代所需，改爲「分調編次本」。明代重編本編選原因是爲學習之用，擇詞範圍擴大了《草堂詩餘》原有的框架，成爲合乎作詞楷模的讀本。〔註74〕在選詞標準上，《草堂詩餘》爲符合市井小民傳唱便利，捨棄雅正之作，而以「淺近通俗」爲擇詞準則；時至明代，歌本之功能喪失，因此選本改收高遠典雅之作。《草堂詩餘》收賀詞 4 首，《類選箋釋草堂詩餘》減爲 2 首，《類編續選本》增至 7 闋，以賀鑄清麗雅正之詞爲主。《詩餘四集》則增爲 13 首，皆有選錄《類編續選本》所收之賀詞，相較宋選本《草堂詩餘》，已大幅增加收錄之數量，但所收之作仍以賀鑄婉約詞風爲主。

（四）楊愼《詞林萬選》、《百琲明珠》

　　明代詞壇因《草堂詩餘》風靡而形成一片婉約柔美的「花草」之聲，此時楊愼起而編纂《詞林萬選》、《百琲明珠》二書，互爲補充，爲導正《草堂詩餘》之疏漏，突破《草堂詩餘》所引發的復古模擬風潮，因此擴大《草堂詩餘》的選詞範圍，也改變擇詞標準。《詞林萬

〔註73〕龍沐勛：〈選詞標準論〉，見錄於《詞學季刊》第 1 卷第 2 號（1933年 8 月），頁 5～6。

〔註74〕參閱陶子珍：《明代詞選研究》（臺北：威秀資訊科技，2003 年 7 月），頁 82～84。

選》、《百琲明珠》二書所選，有詞人集中第一之作，此乃爲明珠之選。所選之詞，在音節方面，要求婉麗；於詞句方面，力求簡明；至若意境，則追求高遠，此乃爲尤綺練者。是知其餘詞作，於二選之中，必本此原則而錄。〔註75〕

　　《詞林萬選》共四卷，選錄唐五代、宋、金、元、明之詞，計有69家與無名氏一人，收詞234闋。詞選體例既非分類編次，亦非按調編排，總體是以人爲列；然不以詞人之時代先後爲編，書中作者姓名之題署，或署其名，或署其別號，規則不一，甚有同一詞人之作品分屬兩處，致使編排混亂，多有舛誤。堪刻者楚雄府任良幹於《詞林萬選・序》曰：「升菴太史公家藏有唐宋五百家詞，頗爲全備。暇日取其尤綺練者四卷，名曰詞林萬選，皆草堂詩餘之所未收者也。」〔註76〕儘管此序所言並非全爲事實，〔註77〕但仍是點出《詞林萬選》收詞之目的，是爲抗衡當時詞壇多承襲《草堂詩餘》之弊端，故在選詞上，特取《草堂詩餘》未收之詞，以選詞建構其詞學理念，表現出不與時同的詞學主張，呈現另一番詞學樣貌。《詞林萬選》收詞量名列前茅者爲蘇軾、柳永、王秋澗、蔣捷、張仲舉、黃山谷，比起當時廣爲流行的《草堂詩餘》所收錄前幾名詞人已有甚大出入。《詞林萬選》收賀鑄之詞8闋，選詞數排名第五，收詞包括〈玉樓春〉〔註78〕（秦絃絡絡）、〈踏莎行〉（急雨收春）、（鏡暈眉山）二闋、〈太平時〉（蜀

〔註75〕陶子珍：《明代詞選研究》（臺北：威秀資訊科技，2003 年 7 月），頁134。

〔註76〕明・楊慎輯：《詞林萬選》，見錄於王文才、萬光治等編注：《楊升庵叢書》（成都：天地出版社，2002 年），冊6。

〔註77〕蕭鵬在《群體的選擇》指出此序所言爲「欺世之談，與實際情況不符。書名『萬選』，更是誇大其辭。」參閱蕭鵬：《群體的選擇——唐宋人選詞與詞選通論》（臺北：文津出版社，1992 年 11 月），頁233。且據岳淑珍所考，《詞林萬選》與《草堂詩餘》確有重複之選共二闋。參閱岳淑珍：〈從《詞林萬選》到《百琲明珠》——楊慎詞選論〉，見錄於《紹興文理學院學報》第 28 卷第 5 期（2008 年 9 月），頁 40～44。

〔註78〕《詞林萬選》作〈木蘭花〉。

錦塵香）、〈秋盡江南〉二闋、〈浣溪沙〉（掌上香羅）、〈小梅花〉（縛
虎手）、〈瑞鷓鴣〉（月痕依約）。其中〈太平時〉二闋是閨怨的婉約之
作；〈小梅花〉（縛虎手）則是賀詞中幽潔悲壯的作品，可見楊慎不僅
欣賞賀鑄婉約柔美之作，也喜賀鑄沉鬱而悲之詞。所收錄之賀詞八
闋，皆爲《草堂詩餘》所未收者，其中〈浣溪沙〉（掌上香羅）一闋
歷代詞選皆未收錄，足見楊慎選詞之特別見解。

　　《百琲明珠》凡五卷，全書未列目錄，編排方式散亂無序，擇錄
南北朝、隋、唐、五代、兩宋、金、元、明代及時代不詳的詞家 101
人，詞作 159 闋。〔註 79〕收詞數最多者依序爲晁瓊、呂勝求、歐陽脩，
其餘詞家之詞作僅錄一至三闋。是書無選錄題爲賀鑄之詞，但細觀全
書，收錄李清臣〔註 80〕〈謁金門〉〔註 81〕（楊花落）一闋，與秦觀〈長
相思慢〉（鐵甕城高），應爲賀鑄之作，故實收賀詞兩首。

（五）佚名《天機餘錦》

　　《天機餘錦》凡四卷，應爲明嘉靖年間書商或牟利人士所編，託
名程敏政。〔註 82〕收錄唐、五代、宋、金、元、明代之作，共計詞人
197 家，詞作 1255 闋。每卷前列有目錄，著錄詞調，按詞調編排，
屬「分調編次本」；但編者未依字數多寡排列，顯得隨意無序。選詞
範圍，以南宋詞爲主，而此即是對嘉靖詞壇以北宋詞爲尊之復古觀
念，所謂之修正。〔註 83〕選詞標準爲「去諧謔，取雅正」。收詞數前
三爲南宋張炎、明代瞿佑、元代張翥；北宋詞家收詞數居前三者周邦
彥 45 闋、蘇軾 20 闋、秦觀 17 闋；是書僅收賀鑄詞 8 闋，排名列爲

〔註 79〕陶子珍：《明代詞選研究》（臺北：威秀資訊科技，2003 年 7 月），頁
　　　　126。
〔註 80〕宋・李清臣（1032～1102），字邦直。
〔註 81〕《百琲明珠》作〈楊花落〉。
〔註 82〕參閱黃文吉：〈詞學的新發現——明抄本《天機餘錦》之成書及其價
　　　　值〉，見於《黃文吉詞學論集》（臺北：臺灣學生書局，2003 年 11 月），
　　　　頁 161～190。
〔註 83〕陶子珍：《明代詞選研究》（臺北：威秀資訊科技，2003 年 7 月），頁
　　　　162。

二十之外，收詞包括〈木蘭花令〉（別後不知）、〈浣溪沙〉（空輚催呼）、〈江城梅花引〉（年年江上）、〈六么令〉（暮雲消散）、〈怨王孫〉（帝裡春晚）、〈青玉案〉（凌波不過）六闋。此外，收錄無名氏作〈浣溪沙〉（樓角初銷）、〈謁金門〉（溪水疾）二闋應為賀鑄詞。

（六）陳耀文《花草粹編》

《花草粹編》，凡十二卷，附沈義父《樂府指迷》一卷。所選時代「上溯開天，下迄宋末」，為「分調編次本」。收錄晚唐、五代、宋、金、元朝詞家 626 人，詞作 3702 闋，〔註84〕為明代規模最大的一部詞選。陳耀文《花草粹編・敘》云：「夫塡詞者，古樂府流也。自昔選次者眾矣，唐則有《花間集》，宋則《草堂詩餘》。詩勝於唐而衰於晚葉。至夫詞調，獨妙絕無倫。然世之《草堂》盛行而《花間》不顯，故知宣情易感，含思難諧者矣。餘自牽拙多暇，嘗欲銓粹二集，以備一代典章。」〔註85〕選本是以《花間集》、《草堂詩餘》底本，取名為「花草」，也是「由《花間》、《草堂》而起」。選詞標準以通俗名作入選。錄詞數前三名為柳永、周邦彥、晏幾道，皆為北宋詞人。收題作賀鑄詞 46 闋，其中誤收蘇軾〈點絳唇〔註86〕〉（紅杏飄香）、張孝祥〈眼兒媚〉（蕭蕭江上）、蔡伸〈柳梢青〉（子規啼血）、無名氏〈梅香慢〉（高閣寒輕）、〈馬家春慢〉（珠箔風輕）五闋，此外柳耆卿〈清平樂〉（陰晴未定）、高仲常〈小梅花〉〔註87〕（城下路）、秦觀〈長相思慢〉（鐵甕城高）三闋應為賀鑄之詞，實收賀詞 44 闋，排名位居十名之外，但收錄賀詞數是宋明以來詞選之冠。

〔註84〕陶子珍：《明代詞選研究》（臺北：威秀資訊科技，2003 年 7 月），頁212～214。
〔註85〕陳耀文：《花草粹編・敘》，見錄於金啓華等編：《唐宋詞集序跋匯編》，頁 406。
〔註86〕《花草粹編》將此闋詞牌名題作〈昭君怨〉。
〔註87〕《花草粹編》作〈將進酒〉。

（七）周履靖《唐宋元明酒詞》

　　《唐宋元明酒詞》分上、下卷，選詞時代廣泛，上至唐宋，下及明朝，收錄134闋酒詞。編排方式無固定體例，採隨意編次。收詞內容不乏沉浸於酒宴歌席之縱樂酣暢，但主要格調則爲詞人擺脫競爭、淡泊處世之閒散氣息。〔註88〕收詞數居冠者爲李珣，其次爲王世貞，其餘收詞數皆是二至三首。是書無題作賀鑄之詞，然題名爲高仲常作〈小梅花〉（城下路）應爲賀鑄之作。此闋詞是以諷刺的筆法寫汲汲營營於名利之人，不如那些「生忘形、死忘名」的酒徒。趙聞禮《陽春白雪・外集》評之：「檃括唐人詩歌爲之，是亦集句之義。然其間語意聯屬，飄飄然有豪縱高舉之氣。酒酣耳熱，浩歌數過，亦一快也。」縱情醉鄉而得酒中趣，正符合周履靖選錄捨棄逐利、淡泊處世之人生態度。

（八）茅暎《詞的》

　　《詞的》凡四卷，收錄晚唐五代、兩宋、元至明代詞作，遺漏金人之作，共收詞392闋。分調排列，且書中有眉批語，屬「分調編次本」，又爲「批點本」。

　　茅暎於《詞的・凡例》首條中開宗明義道出擇詞標準：「幽俊香艷爲詞家當行，而莊重典麗者次之。；故古今名公，悉多鉅作，不敢攔入。匪曰偏狗，意存正調。」〔註89〕可知茅暎選詞以「幽俊香艷」爲宗，次爲「莊重典麗」之作，如此一選，便彙集歷代俚俗輕豔之詞，致明代詞壇於一片「花草」聲中。是書收詞數前列爲周邦彥、歐陽脩、秦觀、韋莊，可知選詞重心以精艷綺靡的晚唐五代風格，與婉約秀麗的北宋格調爲主。〔註90〕收錄題爲賀鑄詞6闋，其中誤收蘇軾〈點絳

〔註88〕陶子珍：《明代詞選研究》（臺北：威秀資訊科技，2003年7月），頁308。

〔註89〕明・茅暎編：《詞的》，見錄於《四庫未收書輯刊》，捌輯，冊30，頁470。

〔註90〕陶子珍：《明代詞選研究》（臺北：威秀資訊科技，2003年7月），頁318～325。

唇〉〈紅杏飄香〉、無名氏〈憶秦娥〉〈暮雲碧〉與黃庭堅〈千秋歲〉〈世間好事〉三首，此外，書中題爲周邦彥〈浣溪沙〉〈樓角初銷〉〔註91〕一闋，應爲賀鑄之詞，故總計收賀鑄詞4闋，收詞數排名居二十名之外。茅暎評〈青玉案〉〈凌波不過〉曰：「煞語爽然」，可見對此闋詞之特有感觸，然詞選對於賀鑄較豪爽或沉鬱風格之詞盡不收錄。

（九）卓人月、徐士俊《古今詞統》

《古今詞統》凡十六卷，卓人月、徐士俊編，成書於崇禎六年（1633）。〔註92〕其編排方式放棄小令、中調以及長調的概念，而是嚴格的按調名字數多寡逐卷分類，是依詞調編排之「分調編次本」。收錄隋、唐、五代、宋、金、元、明諸代詞，得詞人 486 家，詞 2037 闋，詞調 296 個。此書收詞範圍廣泛，詞調豐富，爲明代較晚出現的大型詞選。全書收詞數前三者爲南宋辛棄疾、明代楊慎、南宋蔣捷，選詞重心以南宋詞爲主，對金、元、明之詞也大幅增錄，打破《花間集》、《草堂詩餘》長期以來北宋詞一統之現象，南宋和明代詞之地位開始逐步上升，顯示各朝詞學接受史的消長情況。《古今詞統》更廓清《花間集》、《草堂詩餘》重小令、綺麗香豔詞風的偏好，反而提出婉約與豪放相容並蓄之觀點。徐士俊《古今詞統·序》云：

> 古今之爲詞者，無慮數百家，或以巧語致勝，或以麗字取妍，或夢斷江南，或夢回雞塞……，諸如此類，人人自以爲名高黃絹，響落紅牙。而猶有議之者，謂銅將軍鐵綽板，與十七、八女郎，相去殊絕，無乃統之者無其人，遂使倒流三峽，竟分道而馳耶？余與珂月起而任之曰：是不然，吾欲分風，風不可分；吾欲劈流，流不可劈，非詩非曲，自然風流，統而名之以詞。……珂月曰：無恨也，使子

〔註91〕《詞的》作「驚外鴻綃」。
〔註92〕參閱王兆鵬：《詞學史料學》（北京：中華書局，2009 年 2 月），頁349。

僅之此書之尤美，亦何異世人但知《花間》、《草堂》、《蘭

畹》之為三株樹，而不知《詞統》之集大成也哉！〔註93〕

徐士俊認為詞之各種風格實為一體，各家如同風與三峽一般，不可強

作分劈。〔註94〕詞序中也凸顯《古今詞統》一書對各家詞之廣采博收，

開創多元詞風共存的格局。孟稱舜在序中亦提及「柔音曼聲」之婉約

詞派與「清俊雄放」之豪放詞風皆「各有其美，亦各有其病」，兩者

皆能「迭其情而不以詞掩」，因此同等重要。

　　此書收錄賀鑄詞僅 10 闋，可見接受程度不高，收錄之詞皆非《草

堂詩餘》所收者。其中誤收黃庭堅〈千秋歲〉（世間好事）一闋，此

外題作高憲〈小梅花〉〔註95〕（城下路）應為賀鑄之詞，編者不僅收

錄賀詞柔媚婉約的詞作，也注意到賀詞幽潔沉鬱之詞風。

（十）陸雲龍《詞菁》

　　《詞菁》分上、下兩卷，為明末陸雲龍《翠娛閣評選行笈必攜》

之一種，按事項分類編排，屬「分類編次本」，二卷共分二十四類。

此書中有眉批語和圈點符號，是為「批點本」。共錄唐、宋、金、元、

明詞共 129 家，270 闋詞。《詞菁》成書於明崇禎年間，詞學發展至

明代已有數百年，《詞菁‧敘》言：

　　　〈菩薩蠻〉為〈烏啼〉、〈子夜〉之變。蓋青蓮以絕代軼材，

　　　裂羈靮另闢詞家一徑，大都以精新綺麗為宗，故相沿莫妙。

　　　〔註96〕

陸雲龍言詞是詩之變，且以「精新綺麗」為宗，故多錄婉約派如秦觀、

周邦彥之詞。敘中又言：

〔註93〕明‧卓人月、徐士俊輯：《古今詞統‧序》，見錄於《續修四庫全書》，
　　　　集部，冊 1728，頁 439～440。

〔註94〕參閱劉琴：《古今詞統與明清詞學中興》（浙江：浙江大學人文學院
　　　　碩士論文，2008 年 5 月），頁 3～9。

〔註95〕《古今詞統》〈小梅花〉作〈梅花引〉。

〔註96〕明‧陸雲龍輯：《翠娛閣評選行笈必攜詞菁》，現藏於中國國家圖書
　　　　館。

> 至我明鬱離，具王佐才，廁身帷幄，宜同稼軒，時露英雄
> 本色。乃似柔其骨，麗其聲，藻其思，務見菁華之色，則
> 所尚可知已。〔註97〕

　　劉基詞兼具婉約與豪放之風，受陸雲龍之肯定，又《詞菁》評詞時，常用「豪爽」〔註98〕、「瀟灑」〔註99〕、「豪氣」〔註100〕等語，呈顯他對豪放詞風的推許。豪放派之代表蘇軾與辛棄疾，也爲《詞菁》選錄較多者。從敘言得知，此書體現了詞學上傳統與革新之兩大流派，不僅尙麗亦重豪放的詞學思想。〔註101〕《詞菁》選錄量位居前列的詞人爲劉基、周邦彥、秦觀、王世貞、蘇軾、辛棄疾，兼有北宋、南宋、明代，分佈較平均與廣泛。反觀之前的其它選本，如《花間集》、《草堂詩餘》、《詞學筌蹄》、《詩餘圖譜補遺》等，較有崇尙北宋的傾向；《詞菁》一書能廣納三代之詞，表現出更爲開放的詞學思想，此書的編選也可視爲詞史上崇北宋轉至崇南宋的過渡痕跡。《詞菁》收錄題爲賀鑄詞共 3 首，皆屬「節序」一類的「春暮」時節，其中誤收蘇軾作〈點絳唇〉（紅杏飄香）、蔡伸作〈柳梢青〉（子規啼血），因此實收賀鑄詞僅〈滿江紅〉（漠漠輕寒）一闋。觀此三闋詞皆是細膩的描寫春暮之景和傷春情緒，賀鑄柔美婉約的詞風是受陸雲龍肯定的；此外值得注意的是〈滿江紅〉（漠漠輕寒）一闋，歷代詞選皆未收錄，可見編者獨特的擇詞眼光。但僅收賀詞 1 闋，排名居十名之外，選本中並未對賀詞作眉批與品藻，相較之下，對賀鑄詞接受之程度較低。

〔註97〕　明・陸雲龍輯：《翠娛閣評選行笈必攜詞菁》，現藏於中國國家圖書館。

〔註98〕　如評張仲宗〈滿江紅〉（春水連天）：「豪爽」；評金主亮〈鵲橋仙〉（停盃不舉）：「終有胡氣，有逆氣，然而亦豪爽。」

〔註99〕　如評蘇軾〈念奴嬌〉（憑高眺遠）：「瀟灑」；評王介甫〈桂枝香〉（登臨送目）：「瀟灑」。

〔註100〕　如評王止仲〈如夢令〉（一日尋芳）：「有豪氣」。

〔註101〕　參閱曹秀蘭：〈論《詞菁》的詞學思想〉，見錄於《合肥師範學院學報》第 27 卷（2009 年 7 月），第 4 期，頁 26〜32。

（十一）潘游龍《精選古今詩餘醉》

　　《精選古今詩餘醉》凡十五卷，按類編排，依據之類目繁多，大致爲季節之景、節序類、人事類、人物類、地理類、花禽類等，是「分類編次本」。所收範圍廣爲採掇，上溯唐宋，下及金元，而以北宋、南宋、明代爲主，共計 318 家，1395 闋。其選詞宗旨與明代詞論主流一致，尚通俗，崇香豔。收詞數最多者爲蘇軾、王世貞、周邦彥等。此書收錄題作賀鑄詞共 14 闋，其中誤收〈點絳唇〉（紅杏飄香）爲蘇軾之作、〈柳梢青〉（子規啼血）爲蔡伸之詞，實收賀詞 12 闋，排名在二十名外。排名在二十名外。所選之詞常見於前代詞選，如〈臨江仙〉（巧翦合歡）、〈青玉案〉（凌波不過）、〈踏莎行〉（急雨收春）、〈薄倖〉（豔眞多態）〔註102〕、〈望湘人〉（厭鶯聲到枕）、〈浣溪沙〉（鸚鵡驚人）、（樓角初銷）〔註103〕、（宮錦袍熏）〔註104〕三闋、〈南歌子〉（斗酒纔供淚）〔註105〕、〈憶秦娥〉（曉朦朧）、〈瑞鷓鴣〉（月痕依約）、〈攤破浣溪沙〉（錦韉朱絃），皆有三部以上之詞選收錄，《精選古今詩餘醉》所收賀詞數在明代詞選中位居第二。

二、明編譜體詞選對賀詞之接受概況

　　詞有娛樂應歌之功能，據音樂性質，因此早期設有專職機關，負責審定樂律；然元明之後，受政治與外來文化等影響，舊譜零落，曲調淪亡，詞與音樂漸趨分離，詞已不復可歌，以至於文人創作時，只能依舊曲的平仄押韻，按譜填詞。〔註106〕因此明代張綖、周瑛、徐師曾、程明善等人著手整理詞調，將詞調加以標號，區分平仄，著爲圖譜，成爲填詞者的作詞方針。下表 2－4 爲明代四部格律譜之編選概況與收賀詞數；於下探析各選本對賀詞之接受情況。

〔註102〕《古今詩餘醉》作「淡粧多態」。
〔註103〕《古今詩餘醉》作「鶯外紅綃」。
〔註104〕《古今詩餘醉》作「宮錦袍藍」。
〔註105〕《古今詩餘醉》作〈南柯子〉（斗酒才供淚）。
〔註106〕參閱陶子珍：《明代詞選研究》（臺北：威秀資訊科技，2003 年 7 月），頁 240。

表2－4：明編「格律譜」詞選收賀鑄詞之情況

收賀詞數排名	詞選名	編　者	卷數	編選年代	賀詞數量
1	嘯餘譜〔註107〕	程明善	11卷	唐代至明代	4
2	文體明辨〔註108〕	徐師曾	61卷	唐代至明代	3
3	詞學筌蹄〔註109〕	周瑛	8卷	唐代至明代	2
4	詩餘圖譜〔註110〕	張綖	3卷	唐代至明代	1

（一）周瑛：《詞學筌蹄》

《詞學筌蹄》凡八卷，周瑛編，收調177種，詞353闋，是現存最早的詞譜雛型。周瑛〈詞學筌蹄序〉云：「《草堂》舊所編，以事爲主，諸調散入事。下此編以調爲主，諸事併入調下，且逐調爲之。」〔註111〕《草堂詩餘》於明代影響力極大，爲明人塡詞之寶典，周瑛作《詞學筌蹄》便是參照《草堂詩餘》，改變其體例，以調爲目進行重新編排。序中亦提及編纂目的：「使學者按譜塡詞，自道其意中事，則此其筌蹄也。」〔註112〕說明成書是爲塡詞者能夠有章可循。其譜式甚爲簡單，每調僅有一體，平仄缺少彈性，也無標明韻協，僅是粗具輪廓之譜式，在應用上存有盲點；且編者於詞學無甚造詣，導致舛

〔註107〕明・程明善輯：《嘯餘譜》，見見錄於《續修四庫全書》，集部，冊1736。
〔註108〕明・徐師曾輯：《文體明辨》，見錄於《四庫全書存目叢書》，集部，冊312，頁545～703。
〔註109〕明・周暎輯：《詞學筌蹄》，見錄於《續修四庫全書》，集部，冊1735，頁391～467。
〔註110〕明・張綖撰、謝天瑞補遺：《詩餘圖譜》《四庫全書存目叢書》，集部，冊425，頁201～262。
〔註111〕明・周瑛〈詞學筌蹄序〉，見錄於《續修四庫全書》，集部，頁392。
〔註112〕明・周瑛〈詞學筌蹄序〉，見錄於《續修四庫全書》，集部，頁392。

誤百出。〔註113〕《詞學筌蹄》選錄詞數前列者爲周邦彥、秦觀、蘇軾、柳永、李清照，僅收賀鑄2闋詞：〈臨江仙〉（巧翦合歡）、〈薄倖〉（豔眞多態）〔註114〕。

（二）張綖《詩餘圖譜》

　　《詩餘圖譜》凡三卷，張綖編，初刻於明嘉靖十五年（1536）。鄒祗謨《遠志齋詞衷》云：「張光州南湖《詩餘圖譜》於詞學失傳之日，創爲譜系，有篳路藍縷之功。」〔註115〕《詩餘圖譜》前雖有《詞學筌蹄》一書，但體式簡略，影響力不大；而《詩餘圖譜》出於嘉靖詞壇，是體例較爲完善，實用性高的作詞指南。是書按小令、中調、長調分成三卷，選詞範圍以晚唐、五代、兩宋、元人詞作爲主，收錄詞家除無名氏外計有73人，詞調150種，詞作219闋。〔註116〕以黑白圈表平仄，創立「圖列於前，詞綴於後，韻腳句法，犁然井然」之編列方式，使讀者能「調可字，音可循」，成爲學子學習塡詞之入門指南。張綖〈凡例〉有言：

> 詞體大略有二：一體婉約，一體豪放。婉約者欲其詞情蘊藉，豪放者欲其氣象恢弘，蓋亦存乎其人。如秦少遊之作多是婉約，蘇子瞻之作多是豪放。大抵詞體以婉約爲正，故東坡稱少遊爲今之詞手，後山評東坡詞「雖極天下之工，要非本色」。今所錄爲式者，必是婉約，庶得詞體。又有惟取音節中調，不暇擇其詞之工者，覽者詳之。〔註117〕

張綖主張「詞體以婉約爲正」，擇詞重心在收婉約之作，因這類作品多重音律，故而張綖對於豪放一派之作品較不重視，是書收詞數前列爲秦觀、張先、晏殊、柳永、周邦彥，皆屬北宋詞家，也多收婉約詞

〔註113〕　參閱江合友：《明清詞譜史》（上海：上海古籍出版社，2008年5月），頁13。
〔註114〕　《詞學筌蹄》作「淡粧多態」。
〔註115〕　清·鄒祗謨：《遠志齋詞衷》，見錄於唐圭璋編：《詞話叢編》，頁658。
〔註116〕　參閱陶子珍：《明代詞選研究》（臺北：威秀資訊科技，2003年7月），頁245。
〔註117〕　明·張綖《詩餘圖譜》，見錄於《四庫全書存目叢書》，集部，冊425。

風的作品。張綖《詩餘圖譜》是爲詞作譜之開端，在詞史上首創詞分
「婉約」、「豪放」之說，又以「小令」、「中調」、「長調」分類，按調
錄詞，因此在明代詞壇乃至詞學史上佔有不容小覷之地位。是書僅錄
賀鑄〈青玉案〉（凌波不過）一闋，甚至少於《詞學筌蹄》。賀鑄尙有
諸首夐然獨造之詞，如〈天門謠〉、〈小梅花〉等，《詩餘圖譜》對之
闕而弗錄甚爲可惜，也可推測賀鑄詞在當時之接受程度並不高。由於
是書爲著錄詞譜之先驅，未能網羅所有詞調而產生缺漏之現象是不可
避免的。

（三）徐師曾《文體明辨》

《文體明辨》凡八十四卷，徐師曾輯，分爲正編六十一卷，綱領
一卷，目錄六卷，附錄十四卷，附錄目錄二卷；其中附錄卷三至卷十
一爲〈詩餘〉，詳列詞體譜式。承繼張綖《詩餘圖譜》的制譜理念，又
參照朱權《太和正音譜》的譜式設計，形成具有自我特色的一部詞譜。
徐師曾於序中探究詞體源流，認爲詩餘是「古樂府之流別，而後世歌
曲之濫觴也」〔註118〕，樂府、詩餘、歌曲三者的關係是層遞性的：「詩
亡而後有樂府，樂府闕而後有詩餘，詩餘廢而後有歌曲」〔註119〕，而
樂府與詩餘相異處在於二者「同被管絃，特樂府以皦逕揚厲爲工；詩
餘以婉麗流暢爲美，此具不同耳！」〔註120〕徐師曾於序中又言：

> 詩餘謂之塡詞，則調有定格，字有定數，韻有定聲。至於
> 句之長短，雖可損益，然亦不當率意而爲之。譬諸醫家加
> 減古方，不過因其方而稍更之，一或太過，則本方之意失
> 矣。此《太和正音》及今圖譜之所爲作也。〔註121〕

〔註118〕 明・徐師曾：《文體明辨》，見錄於《四庫全書存目叢書》，集部，
冊312，頁545。
〔註119〕 明・徐師曾：《文體明辨》，見錄於《四庫全書存目叢書》，集部，
冊312，頁545。
〔註120〕 明・徐師曾：《文體明辨》，見錄於《四庫全書存目叢書》，集部，
冊312，頁545。
〔註121〕 明・徐師曾：《文體明辨》，見錄於《四庫全書存目叢書》，集部，
冊312，頁545。

認爲詞調格律十分嚴謹，不可擅自更動，而句之長短雖可稍加增損，但不可率性爲之，是以將同一詞調下不同字數者列爲異體，創立「同調異體」的觀念。序中又曰：「《正音》定擬四聲，失之拘泥；《圖譜》圈別黑白，又易謬誤。故今採諸調直以平仄作譜，列之於前，而錄詞其後，若句有長短，復以各體別之。」〔註122〕爲改善《太和正音譜》及《詩餘圖譜》之缺失，《文體明辨》以直書平仄之方式列譜。此外，徐師曾亦論及選詞標準：

> 論其詞，則有婉約者，有豪放者。婉約者，欲其辭情蘊藉；
> 豪放者，欲其氣象恢弘。蓋雖各因其質，而詞貴感人，要
> 當以婉約爲正，否則雖極精工，終乖本色。〔註123〕

《文體明辨》上承《詩餘圖譜》之詞學觀點，認爲「詞體以婉約爲正」，因此《文體明辨》收詞之冠爲婉約派詞人周邦彥，其次爲豪放一派的辛棄疾，可見徐師曾也兼收氣象恢弘之詞作。《文體明辨》收賀詞 3 闋：〈臨江仙〉（巧翦合歡）、〈望湘人〉（厭鶯聲到枕）、〈薄倖〉（豔眞多態）〔註124〕，誤收蔡伸〈柳梢青〉（子規啼血）。

（四）程明善《嘯餘譜》

《嘯餘譜》凡十一卷，編者爲程明善，書編成於萬曆四十七年（1619）。〔註125〕收錄材料涵蓋甚廣，包括詩、詞、曲、韻共 330 調，450 體。〈嘯餘譜序〉曰：「人有嘯而後有聲，有聲而後有律，有樂流而爲樂府、爲詞曲，皆其聲之緒餘也。」〔註126〕名之曰《嘯餘譜》其因在此。〈嘯餘譜序〉有云：「卷首嘯旨，次聲音數，次律呂，次樂

〔註122〕　明・徐師曾：《文體明辨》，見錄於《四庫全書存目叢書》，集部，冊 312，頁 545。

〔註123〕　明・徐師曾：《文體明辨》，見錄於《四庫全書存目叢書》，集部，冊 312，頁 545。

〔註124〕　《文體明辨》作「淡糚多態」。

〔註125〕　參閱江合友：《明清詞譜史》（上海：上海古籍出版社，2008 年 5 月），頁 56。

〔註126〕　明・程明善：〈嘯餘譜序〉，見錄於《續修四庫全書》，集部，冊 425，頁 1。

府，次詩餘。致語南北曲而終之以切韻。」〔註127〕是書卷首有〈嘯
旨〉、〈聲音數〉、〈律呂〉、〈樂府原題〉，卷二至卷三爲〈詩餘譜〉，卷
四爲〈詩餘譜〉、〈樂譜〉、卷五爲〈北曲譜〉、卷六爲〈中原音韻〉，
卷七至九三卷爲〈南曲譜〉，卷十與十一爲〈中原音韻〉、〈切韻〉。是
以張綖《詩餘圖譜》爲底本，除〈阮郎歸〉、〈桃源憶故人〉兩闋未收
之外，其餘詞作皆見於《嘯餘譜》中，此外更添增157個詞調。又比
對《嘯餘譜》與《文體明辨》所收之調體，發現兩者收錄的詞調順序
與例詞完全相同，分卷情形與分類規則亦相同，可判定《嘯餘譜》乃
《文體明辨》之輯錄本。〔註128〕《嘯餘譜》至清初時期仍廣爲流傳，
清・田同之《西圃詞說》云：「宋元人所撰詞譜流傳者少。自國出至
康熙十年前，塡詞家多沿明人，遵守《嘯餘譜》一書。」〔註129〕可
見此書對詞壇影響深遠。收詞數名列前茅者爲周邦彥、辛棄疾、秦觀、
柳永、歐陽脩。收賀詞4闋，誤收蔡伸〈柳梢青〉（子規啼血）一首。
原創之詞包含〈望湘人〉（厭鶯聲到枕）、分類爲「春暮」的〈青玉案〉
（凌波不過）、分類爲「春情」的〈薄倖〉（豔眞多態）〔註130〕。《嘯
餘譜》所收賀詞數是明代詞譜中最多者，明代詞譜收賀鑄之詞不外乎
上列四首，收詞數量和範圍皆比清代詞譜少得許多，賀鑄之詞在明代
詞譜的接受程度上稍嫌不足。

　　明代詞選與詞譜收北宋詞者皆有收錄賀鑄之作，其中〈青玉案〉
（凌波不過）一闋被擇錄最多，共有七部詞選收錄；其次爲〈踏莎行〉
（急雨收春）、〈浣溪沙〉（樓角初銷）兩首，計有六部詞選收錄；第三
爲〈瑞鷓鴣〉（月痕依約）、〈攤破浣溪沙〉（錦韝朱絃），共五本詞選擇

〔註127〕明・程明善：〈嘯餘譜序〉，見錄於《續修四庫全書》，集部，冊425，頁1。
〔註128〕參閱江合友：《明清詞譜史》（上海：上海古籍出版社，2008年5月），頁57。
〔註129〕清・田同之撰：《西圃詞說》，見錄於唐圭璋編：《詞話叢編》，冊2，頁1473。
〔註130〕《嘯餘譜》作「淡妝多態」。

錄；位居第四共有七闋詞，包含〈臨江仙〉（巧翦合歡）、〈薄倖〉（豔
眞多態）、〈望湘人〉（厭鶯聲到枕）、〈憶秦娥〉（曉朦朧）、〈浣溪沙〉（鸚
鵡驚人）、〈浣溪沙〉（宮錦袍熏）、〈長相思慢〉（鐵甕城高），均有四部
詞選收錄；再者，〈攤破浣溪沙〉（錦韝朱絃）、〈南歌子〉（斗酒纔供淚）、
〈小梅花〉（城下路）三首，共有三部詞選擇錄，位居第五。而詞譜方
面，明代詞譜收詞範圍僅侷限於〈薄倖〉（豔眞多態）、〈臨江仙〉（巧
翦合歡）、〈望湘人〉（厭鶯聲到枕）、〈青玉案〉（凌波不過）四首，觀
下表2－5可知詞譜常收之詞，皆爲明代詞選中收錄前五名之作。此外，
明代詞選與詞譜中誤將他人之作題爲賀鑄之詞，計有八首，相較於宋
代，誤收現象越趨頻繁。值得一提的是，明代詞選中，賀詞〈小梅花〉
（城下路）一首，共有三部詞選收錄，卻皆以爲是高憲所作，是考證
不明之故。明編詞選與詞譜收賀鑄詞之情況統整於下表，可得出選本
常收之賀鑄詞，不僅藝術思想爲人稱道，也兼具創新格律之功。

表2－5：明編詞選收賀鑄詞作一覽表

明編詞選詞譜＼收錄詞作	詞 選										詞 譜			總計
	顧從敬 類選箋釋草堂詩餘	錢允治 類選箋釋續選草堂	佚名 天機餘錦	楊慎 詞林萬選	楊慎 百琲明珠	陳耀文 花草粹編	陸雲龍 詞菁	茅暎 詞的	卓人月 古今詞統	潘遊龍 精選古今詩餘醉	周履靖 唐宋元明酒詞	沈際飛 古岑香草堂詩餘	周瑛 詞學筌蹄	張綖 詩餘圖譜
青玉案・凌波	√		√			√		√	√		√			√	9
臨江仙・巧翦	√					√					√		√	√	7

收錄詞作 ＼ 明編詞選詞譜	詞選												詞譜				總計
	顧從敬 類選箋釋草堂詩餘	錢允治 類選箋釋續選草堂	佚名 天機餘錦	楊慎 詞林萬選	楊慎 百琲明珠	陳耀文 花草粹編	陸雲龍 詞菁	茅暎 詞的	卓人月 古今詞統	潘遊龍 精選古今詩餘醉	周履靖 唐宋元明酒詞	沈際飛 古岑香草堂詩餘	周瑛 詞學筌蹄	張綎 詩餘圖譜	徐師曾 文體明辨	程明善 嘯餘譜	計
薄倖·豔真						√		√		√		√	√		√	√	7
踏莎行·急雨		√		√		√			√	√		√					6
浣溪沙·樓角			√			√		▲	√	√		√					6
望湘人·厭鶯						√		√		√		√			√	√	6
瑞鷓鴣·月痕		√		√					√	√		√					5
攤破浣溪沙·錦鞲		√				√			√	√		√					5
憶秦娥·曉朦朧						√			√	√		√					4
長相思慢·鐵甕		▲		▲		▲						▲					4
浣溪沙·鸚鵡驚人		√							√	√		√					4

明編詞選詞譜　　收錄詞作	詞選												詞譜				總計
	顧從敬	錢允治	佚名	楊慎	楊慎	陳耀文	陸雲龍	茅暎	卓人月	潘遊龍	周履靖	沈際飛	周瑛	張綖	徐師曾	程明善	
	類選箋釋草堂詩餘	類選箋釋續選草堂詩餘	天機餘錦	詞林萬選	百琲明珠	花草粹編	詞菁	詞的	古今詞統	精選古今詩餘醉	唐宋元明酒詞	古岑香草堂詩餘	詞學筌蹄	詩餘圖譜	文體明辨	嘯餘譜	計
浣溪沙·宮錦		√				√				√		√					4
南歌子·斗酒		√				√				√		√					4
小梅花·城下路						▲			▲			▲					3
浣溪沙·閒把						√	√										2
六么令·暮雲				√		√											2
謁金門·溪水疾				√		√											2
玉樓春·秦絃				√				√									2
小梅花·縛虎手				√		√											2
太平時·秋盡				√		√											2
踏莎行·鏡暈				√		√											2

明編詞選詞譜／收錄詞作	詞　　　選												詞　　　譜				總計
	顧從敬 類選箋釋草堂詩餘	錢允治 類選箋釋續選草堂	佚名 天機餘錦	楊慎 詞林萬選	楊慎 百琲明珠	陳耀文 花草粹編	陸雲龍 詞菁	茅暎 詞的	卓人月 古今詞統	潘遊龍 精選古今詩餘醉	周履靖 唐宋元明酒詞	沈際飛 古岑香草堂詩餘	周瑛 詞學筌蹄	張綖 詩餘圖譜	徐師曾 文體明辨	程明善 嘯餘譜	
浣溪沙·鸚鵡無言						√											1
獻金杯·風軟						√											1
清平樂·小桃						√											1
菩薩蠻·子規						√											1
菩薩蠻·章臺						√											1
燭影搖紅·波影						√											1
惜分飛·皎鏡						√											1
小重山·花院						√											1
浣溪沙·雲母						√											1
浣溪沙·蓮燭						√											1

明編詞選詞譜 \ 收錄詞作	詞選												詞譜				總計
	顧從敬	錢允治	佚名	楊慎	楊慎	陳耀文	陸雲龍	茅暎	卓人月	潘遊龍	周履靖	沈際飛	周瑛	張綖	徐師曾	程明善	
	類選箋釋草堂詩餘	類選箋釋續選草堂	天機餘錦	詞林萬選	百琲明珠	花草粹編	詞菁	詞的	古今詞統	精選古今詩餘醉	唐宋元明酒詞	古岑香草堂詩餘	詞學筌蹄	詩餘圖譜	文體明辨	嘯餘譜	
浣溪沙·浮動						√											1
浣溪沙·兩點						√											1
浪淘沙令·一夜						√											1
石州引·薄雨						√											1
木蘭花令·別後		√															1
浣溪沙·空鞢		√															1
江城梅花引·年年		√															1
怨王孫·帝裡		√															1
太平時·蜀錦				√													1
浣溪沙·掌上				√													1

明編詞選詞譜 / 收錄詞作	詞 選													詞 譜			總計
	顧從敬 類選箋釋草堂詩餘	錢允治 類選箋釋續選草堂	佚名 天機餘錦	楊慎 詞林萬選	楊慎 百琲明珠	陳耀文 花草粹編	陸雲龍 詞菁	茅暎 詞的	卓人月 古今詞統	潘遊龍 精選古今詩餘醉	周履靖 唐宋元明酒詞	沈際飛 古岑香草堂詩餘	周瑛 詞學筌蹄	張綖 詩餘圖譜	徐師曾 文體明辨	程明善 嘯餘譜	
如夢令・蓮葉						√〔註131〕											1
浣溪沙・秋水						√											1
浣溪沙・煙柳						√											1
減字木蘭花・冷香						√〔註132〕											1
天門謠・牛渚						√											1
攤破浣溪沙・湖上						√〔註133〕											1
鷓鴣天・怊悵						√											1
江城子・麝薰						√											1

〔註131〕《花草粹編》作〈宮詞〉。
〔註132〕《花草粹編》作〈減蘭十梅〉。
〔註133〕《花草粹編》作〈山花子〉。

明編詞選詞譜＼收錄詞作	詞選												詞譜				總計
	顧從敬 類選箋釋草堂詩餘	錢允治 類選箋釋續選草堂	佚名 天機餘錦	楊慎 詞林萬選	楊慎 百琲明珠	陳耀文 花草粹編	陸雲龍 詞菁	茅暎 詞的	卓人月 古今詞統	潘遊龍 精選古今詩餘醉	周履靖 唐宋元明酒詞	沈際飛 古岑香草堂詩餘	周瑛 詞學筌蹄	張綖 詩餘圖譜	徐師曾 文體明辨	程明善 嘯餘譜	
下水船·芳草						√											1
金人捧露盤·控滄江						√											1
鶴沖天·鼓鼓						√											1
滿江紅·漠漠							√										1
謁金門·楊花落					▲												1
清平樂·陰晴						▲											1
柳梢青·子規	◎					◎	◎			◎		◎			◎	◎	7
點絳唇·紅杏飄香	◎					◎	◎	◎		◎		◎					6
千秋歲·世間								◎	◎								2
梅香慢·高閣						◎											1

明編 詞選 詞譜	詞					選					詞		譜	總
	顧從敬	錢允治	佚名	楊慎	楊慎	陳耀文	陸雲龍	茅暎	卓人月	潘遊龍	周履靖	沈際飛	周瑛	張綖	徐師曾	程明善	
	類選箋釋草堂詩餘	類選箋釋續選草堂	天機餘錦	詞林萬選	百琲明珠	花草粹編	詞菁	詞的	古今詞統	精選古今詩餘醉	唐宋元明酒詞	古岑香草堂詩餘	詞學筌蹄	詩餘圖譜	文體明辨	嘯餘譜	計
馬家春慢·珠箔						◎											1
憶秦娥·暮雲碧								◎									1
謁金門·花滿院		◎															1
收錄賀詞數總計	2	7	8	8	2	44	1	4	10	12	1	13	2	1	3	4	

√表詞選收錄賀鑄之詞

▲表賀詞誤入他人之作

◎表他人之作誤入賀詞

第四節　清代對賀鑄詞的傳播接受

　　清代詞學復興，編纂的詞選更達百部之多。清代出版印刷業的發展也是提供詞選興盛的有利條件。明末清初，因印刷業的發達，家刻業應運而生，家刻不同於坊刻，非以營利為目的，主要是為了學術文化的保存與傳播。

　　地域性詞選占全部清代選本近三分之一，此現象與清人具有強烈的地域觀念相關。清代詞家慣於用自家詞派的角度去審查與探究整個詞壇，編纂詞選成為發揚自家流派觀點的重要視窗。清代詞人透過編輯唐宋詞選以傳播自己的詞學觀念，藉由整理出版該派詞人詞集，以展示自身學派的實力，壯大自己再詞壇上的影響。〔註 134〕眾多流派充分發揮詞選的作用，詞選則推動詞派的形成與發展，詞派又促進詞選的成熟與完備。〔註 135〕

　　詞譜雖發軔於明代中晚期，但真正確立圖譜之學是於順康時期。清代詞譜在歷史發展過程中，又分化為兩種涵義，即格律譜與音樂譜。清初盛行《嘯餘譜》，之後出現各式格律譜，至萬樹《詞律》的出現，標誌格律譜在理論與實踐上已自成體系；〔註 136〕《欽定詞譜》則以官書之角度，廣納歷代詞之格律，成為歷來收錄最豐之詞譜。清代始出現音樂譜，為歷來從未出現過的詞選形式。

　　以下就清編詞選、格律譜、音樂譜三類作探究，分別探析各選本之獨特擇詞標的與審美觀及其收錄賀詞情況，架構清代對賀鑄詞之傳播接受。

一、清編詞選對賀詞之接受概況

　　清編詞選收北宋詞者計有十九部，下表 2－6 為清編各詞選之編輯概況、總收詞數與收賀詞數，並按收詞數量之多寡依序排列，表後分別探究收賀詞與未錄賀詞之審美標準與擇詞原因。

〔註 134〕陳水雲：《清代詞學發展史論》（北京：學苑出版社，2005 年 7 月），頁 64。
〔註 135〕李睿：〈論清代詞選興盛的表現與原因〉，《南京師範大學文學院學報》第 4 期（2009 年 12 月）。
〔註 136〕參閱江合友：《明清詞譜史》（上海：上海古籍出版社，2008 年 5 月），頁 2。

表2-6：清編詞選收賀鑄詞之情況

收賀詞數排名	詞選名	編者	卷數	編選年代	詞家數量	詞作數量	賀詞數量
1	御選歷代詩餘〔註137〕	王奕清 沈辰垣	120卷	唐代至明代	1540	9009	89
2	詞則‧別調集〔註138〕	陳廷焯	6卷	唐代至清代	257	685	15
3	詞潔〔註139〕	先著 程洪	6卷	唐代至元代	143	630	14
4	詞綜〔註140〕	朱彝尊	30卷	唐代至元代	659	2253	11
5	宋詞三百首〔註141〕	朱祖謀	不分卷	兩宋	82	283	11
6	宋四家詞選〔註142〕	周濟	1卷	兩宋	51	239	7
7	詞則‧大雅集〔註143〕	陳廷焯	6卷	唐代至清代	128	571	6
8	蓼園詞選〔註144〕	黃蘇	不分卷	唐代至宋代	85	213	4
9	藝蘅館詞選〔註145〕	梁令嫻	5卷	唐代至清代	179	689	5

〔註137〕 清‧王奕清、沈辰垣輯：《御選歷代詩餘》，見錄於《文淵閣四庫全書》，集部，冊499。

〔註138〕 清‧陳廷焯輯：《詞則‧別調集》（上海：上海古籍出版社，1984年5月）。

〔註139〕 清‧先著、程洪輯，劉崇德、徐文武點校：《詞潔》（保定：河北大學出版社，2007年9月）。

〔註140〕 清‧朱彝尊、汪森編：《詞綜》（臺北：中華書局，1981年），冊1。

〔註141〕 清‧朱祖謀輯：《宋詞三百首》（臺北：臺灣古籍出版社，2005年11月）。

〔註142〕 清‧周濟輯：《宋四家詞選》，見錄於《續修四庫全書》，集部，冊1732，頁591～613。

〔註143〕 清‧陳廷焯輯：《詞則‧大雅集》（上海：上海古籍出版社，1984年5月）。

〔註144〕 清‧黃蘇輯：《蓼園詞選》，見錄於程千帆編，尹志騰校點：《清人選評詞集三種》（濟南：齊魯書社，1988年9月）。

〔註145〕 清‧梁令嫻輯：《藝蘅館詞選》（臺北：臺灣中華書局，1970年10月），頁1～322。

收賀詞數排名	詞選名	編者	卷數	編選年代	詞家數量	詞作數量	賀詞數量
10	詞則・閑情集〔註146〕	陳廷焯	6卷	唐代至清代	217	655	4
11	歷朝名人詞選〔註147〕	夏秉衡	3卷	五代至宋代	55	76	4
12	古今詞選〔註148〕	沈時棟	12卷	唐代至清代	286	994	4
13	自怡軒詞選〔註149〕	許寶善	6卷	唐代至元代	199	391	4
14	湘綺樓詞選〔註150〕	王闓運	3卷	五代至南宋	55	72	1
15	詞選〔註151〕	張惠言	2卷	唐宋	44	116	1
16	續詞選〔註152〕	董毅	2卷	唐宋	52	122	1
17	宋七家詞選〔註153〕	戈載	7卷	兩宋	7	480	0
18	詞辨〔註154〕	周濟	2卷	唐代至兩宋	14	94	0
19	宋六十一家詞選〔註155〕	馮煦	12卷	兩宋	61	1250	0

〔註146〕清・陳廷焯輯:《詞則・閑情集》(上海:上海古籍出版社,1984年5月)。

〔註147〕清・夏秉衡輯:《歷朝名人詞選》(臺北:大西洋圖書公司,1928年)。

〔註148〕清・沈時棟輯:《古今詞選》(臺北:臺灣東方書局,1956年5月)。

〔註149〕清・許寶善輯:《自怡軒詞選》,清嘉慶元年許氏刊本,現藏於國家圖書館。

〔註150〕清・王闓運輯:《湘綺樓詞選》,王氏湘綺樓刊本,1917年。

〔註151〕清・張惠言輯:《詞選》,見錄於《續修四庫全書》,集部,冊1732,頁535～557。

〔註152〕清・董毅輯:《續詞選》,見錄於《續修四庫全書》,集部,冊1732,頁558～573。

〔註153〕清・戈載輯、杜文瀾校注:《宋七家詞選》(臺北:河洛圖書出版社,1978年5月)。

〔註154〕清・周濟輯:《詞辨》,見錄於《續修四庫全書》,集部,冊1732,頁575～589。

〔註155〕清・馮煦輯:《宋六十一家詞選》(臺北:文化圖書公司,1956年6月)。

（一）收錄賀詞之詞選

1、朱彝尊《詞綜》

《詞綜》凡 36 卷，收錄唐、五代、十國、宋、金及元朝共計詞人 659 家，2253 闋詞，是書作於康熙中後期。清初詞風步趨明人餘緒，形成浮豔詞風，填詞多以《花間集》、《草堂詩餘》爲範本，導致冶豔之風彌漫詞壇。朱彝尊等人對此現象甚感不滿，因此欲通過選詞以起衰救弊。朱彝尊言：「獨《草堂詩餘》所收最下、最傳，三百年來學者守爲兔園冊，無惑乎詞之不振也！」〔註 156〕此外，當時社會政局漸趨穩定，清朝加強對士人思想的控制，於文化政策上推崇清眞雅正的審美觀，故而連帶影響《詞綜》之選錄標準。朱彝尊刪除《樂府補題》中的三闋詞，其餘 34 闋錄於《詞綜》中，如此一來，《詞綜》幾乎收錄《樂府補題》的全部作品，顯示朱彝尊及浙派詞人對詠物詞的喜好。是書選錄北宋詞 7 卷，共計 40 闋；選錄南宋詞共 13 卷，計827 闋，幾乎是北宋詞的兩倍之多，明顯可見詞選尊南宋詞。《詞綜·發凡》：「言情之作，易流於穢，此宋人選詞，多以雅爲目。」〔註 157〕知朱彝尊的選詞標準在於「雅」。收詞數以姜夔最多，其次爲周密、吳文英、張炎等人，均是以雅爲尚的詞家，且皆爲南宋詞人。《詞綜·發凡》：「世人言詞，必稱北宋，然詞至南宋，始極其工，至宋季而始極其變。」〔註 158〕反觀其他詞派婉約如秦觀，豪放如蘇軾等北宋著名詞人之入選量較少。是書收賀詞僅 11 首，題作高憲的〈小梅花〉〔註159〕（城下路）與題爲李清臣〈謁金門〉（楊花落）兩首，皆爲賀鑄之詞；《詞綜》錄賀詞不多，收詞數未達三十名。所收之詞皆於其它

〔註 156〕清・朱彝尊、汪森編：《詞綜・發凡》（臺北：中華書局，1981 年），冊 1，頁 4。
〔註 157〕清・朱彝尊、汪森編：《詞綜・發凡》（臺北：中華書局，1981 年），冊 1，頁 6。
〔註 158〕清・朱彝尊、汪森編：《詞綜・發凡》（臺北：中華書局，1981 年），冊 1，頁 4。
〔註 159〕《詞綜》作〈貧也樂〉。

詞選中出現。其中評〈踏莎行〉（急雨）「當年不肯嫁東風」二句「有美人遲暮之慨」。

2、先著、程洪《詞潔》

先著，字渭求，號遷夫。程洪，字丹問，廣陵人。二人著《詞潔》，凡六卷，爲選、評合一之詞集。《詞潔・序》提及編書之起因：「頃來廣陵，程子丹問，猶與予有同嗜。暇日，發其所藏諸家詞集，參以近人之選，次爲六卷，相與評論而錄之，名曰《詞潔》。」〔註160〕《詞潔》一名，是「恐詞之或及於淫鄙穢雜，而因已見宋人之所爲，固自有眞耳。」《詞潔・發凡》言：

> 詞之工艷處，乃不主此。今人多已是二者言詞，未免失之淺矣。蓋韻則近於佻薄，艷則流於褻媟，往而不返，其去吳騷市曲無幾。必先洗粉澤，後除珥績，靈氣勃發，古色黯然，而以情爲經緯其間。雖豪宕震激，而不失於粗，纏綿輕婉，而不入於靡。〔註161〕

可知選者鄙棄淫穢之詞，取「才高而情眞」之作，並講究詞中之「潔」。此書專錄宋一代之詞，蓋乙太白、後主之前集，譬五言之有漢、魏，本其始也。金、元不能別具卷帙，則附諸宋後焉。《詞潔》以調爲匯，爲先「分調編次本」，主錄詞，不主備調。收賀詞 14 闋，排名第十三，選本不僅收錄較爲清婉之作，也收錄賀鑄〈小梅花〉〔註162〕（縛虎手）這般沉鬱之作；對賀詞亦有所箋評，於〈臨江仙〉（巧翦合歡）一闋下言：「南宋小詞，僅能細碎，不能渾化融洽。即工到極處只是用筆輕耳，於前人一種耀艷深華，失之遠矣。讀以上諸詞自見。今多謂北不逮南，非篤論也。」選者認爲北宋詞具有「耀艷深華」之特色，不差於南宋之詞，此話也側面肯定賀詞。於〈青玉案〉（凌波不過）

〔註160〕 清・先著、程洪輯，劉崇德、徐文武點校：《詞潔》（保定：河北大學出版社，2007 年 9 月），頁 1。

〔註161〕 《詞潔・發凡》，見錄於清・先著、程洪輯，劉崇德、徐文武點校：《詞潔》（保定：河北大學出版社，2007 年 9 月）。

〔註162〕 《詞潔》作〈梅花引〉。

一闋下評曰：「工妙之至，無跡可循，語句思路，亦在目前，而千人萬人不能湊泊。山谷云：『解道江南腸斷句，只今惟有賀方回。』其為當時稱許如此。」可知選者對賀鑄此闋詞甚為推許。又評〈望湘人〉（厭鶯聲到枕）一闋云：「方回長調，便有美成意，殊勝晏、張。」是將賀鑄與周邦彥、晏幾道、張先相比，認為賀之長調有周邦彥之意，勝於晏、張二人；從以上點評中可知選者對於賀鑄詞是給予高度的肯定。

3、王奕清、沈辰垣《御選歷代詩餘》

《御選歷代詩餘》，為清代官書之一，凡一百二十卷，成書於康熙四十六年（1707），由王奕清、沈辰垣編纂，收錄唐五代至晚明之詞 9000 餘首，1540 調。體例上分調收詞，以字數多寡為次。此書是康熙帝「命詞臣輯其風華典麗，悉歸於正者」〔註 163〕。所輯錄之詞是「含英咀華，敲金戛玉者，何在不可以思無邪之一言賅之也。」〔註 164〕是認同浙派所追求的清醇雅正之審美態度。《四庫全書總目提要》云：「凡柳、周婉麗之音，蘇、辛奇姿之格，兼收兩派，不主一隅。旁及元人小令，漸變繁聲，明代新腔，不因舊譜者，苟一長可取，亦眾美胥收。至於考求爵裡，可以為論世之資，辯證妍媸，可以為倚聲之律者，網羅宏富，尤極精詳。自有詞選以來，可雲集其大成矣！」〔註 165〕此部詞選的完成，是對清初以來編纂詞選風氣的一次整飭。〔註 166〕是書選錄題為賀詞 90 闋，扣除誤題之詞有蘇軾〈點絳唇〉（紅杏飄香）、張孝祥〈眼兒媚〉（蕭蕭江上）、無名氏〈馬家春慢〉（珠箔風輕）、〈梅香慢〉（高閣寒輕）四首，又題作高憲〈小梅花〉（城下路）、

〔註 163〕《御選歷代詩餘・序》，《文淵閣四庫全書》，集部，第 499 冊，商務印書館，頁 145。
〔註 164〕《御選歷代詩餘・序》，《文淵閣四庫全書》，集部，第 499 冊，商務印書館，頁 145。
〔註 165〕《四庫全書總目提要》。
〔註 166〕參閱陳水雲：《清代詞學發展史論》（北京：學苑出版社，2005 年 7 月），頁 66。

李清臣〈謁金門〉（楊花落）、秦觀〈長相思慢〉（鐵甕城高）應爲賀
鑄之詞，合計收錄賀鑄詞 89 闋，收詞數佔全書排名居二十名之後；
單就《御選歷代詩餘》一書而言，收錄賀詞數之表現並不亮眼，然在
清代各部詞選收賀鑄詞數之排名上卻是拔得頭籌。

4、沈時棟《古今詞選》

《古今詞選》，凡十二卷，沈時棟輯，收錄唐五代、宋、金、元、
明、清代之詞，共計詞人 286 家、詞作 994 闋。依詞調字數多寡排序，
在詞調下加註詞題，詳列調名別稱，並標明第某體。以選詞爲主，「取
佳而不取備」〔註 167〕《古今詞選・自序》言：「其體製約有二家，彼
亂石驚濤激宕於桐琶鐵板，曉風殘月纏綿於翠管銀箏。」〔註 168〕沈
時棟於〈選略〉中亦云：「是集雄奇香艷者俱錄，爲或粗或俗，間有
敗筆者置之，即名作不登選者，猶所不免。」〔註 169〕是選兼收雄奇
與婉約之詞作。〈選略〉曰：「國朝人文蔚起，霞爛雲蒸，碧海珊瑚，
須羅鐵網。」〔註 170〕所收詞數前列者爲陳維崧、沈時棟、辛棄疾、
龔鼎孳、朱彝尊，是以清代詞家爲重。收賀鑄詞 4 闋，選目爲〈太平
時〉（蜀錦塵香）、〈太平時〉（秋盡江南）、〈浣溪沙〉（樓角初銷）〔註
171〕、〈臨江仙〉（巧翦合歡），所選皆爲賀鑄婉約之詞風，並未如沈
時棟所言「雄奇香艷者俱錄」，未能關注於賀鑄豪放之詞，且收詞數
甚少，收錄賀詞之數量在全書中未達前三十名，是書對賀鑄之接受程
度不高。

〔註 167〕清・沈時棟：《古今詞選・自序》（臺北：臺灣東方書局，1956 年 5
　　　　　月），頁 1。

〔註 168〕清・沈時棟：《古今詞選・選略》（臺北：臺灣東方書局，1956 年 5
　　　　　月），頁 1。

〔註 169〕清・沈時棟：《古今詞選・自序》（臺北：臺灣東方書局，1956 年 5
　　　　　月），頁 1。

〔註 170〕清・沈時棟：《古今詞選・選略》（臺北：臺灣東方書局，1956 年 5
　　　　　月），頁 1。

〔註 171〕《古今詞選》作「驚外紅綃」。

5、夏秉衡《歷朝名人詞選》

《歷朝名人詞選》，夏秉衡輯，凡 13 卷，選錄唐五代至清代共計詞家 338 家、詞作 847 闋。夏秉衡謂唐末五代李後主、韋莊「語極工麗，而體制未備」，至宋代「作者日盛」，並舉周邦彥、蔣捷、史達祖等人是「雅正超忽，可爲詞家上乘矣」；於《歷朝名人詞選‧發凡》更進一步言清代之詞家「人人握靈蛇之珠，家家抱荊山之璧，幾於美不勝收，故集中所登與兩宋相埒。」是書收詞數位居前列者爲周邦彥、秦觀、錢芳標、朱彝尊、歐陽脩、梁清標等人，皆有十闋以上的收詞數，故知夏秉衡選詞特重兩宋及清代之作。在選詞標準上，《歷朝名人詞選‧發凡》曰：「詞雖宜於豔冶，亦不可流於穢褻」，因此「是集所選，一以淡雅爲宗」，此集「意在選詞不備調」；沈德潛《歷朝名人詞選‧序》亦言：「意不外乎溫厚纏綿，語不外乎搴芳振藻，格不外乎循聲按節，要必清遠超妙，得言中之旨、言外之韻者，取焉。若失乎美人香草之遺，而屑屑焉求工於穢麗，雖當時兒女所盛稱，縠香鹹在屏棄之列也。」〔註172〕並云「論詞之工，仍以風雅騷人之旨求之」〔註173〕知夏秉衡喜「雅正」之詞，並推崇具風雅騷人之旨、清遠超妙之作，至若穢褻之類一概不取。是書收賀詞 4 闋，收詞數未達前三十名，選詞包括分類爲「閨情」的〈太平時〉（蜀錦塵香）、〈瑞鷓鴣〉（月痕依約），此外〈攤破浣溪沙〉〔註174〕（錦韈朱絃）分類爲「彈箏」、〈薄倖〉（豔眞多態）〔註175〕爲「春情」；所收之作皆是清雅之詞，相較於北宋諸家之獲選詞數，賀詞的比例偏低，可知夏秉衡對賀詞接受程度不高。

〔註172〕清‧沈德潛：《歷朝名人詞選‧序》，見錄於清‧夏秉衡輯：《歷朝名人詞選》（臺北：大西洋圖書公司，1928 年）。

〔註173〕清‧夏秉衡輯：《歷朝名人詞選》（臺北：大西洋圖書公司，1928 年）。

〔註174〕《歷朝名人詞選》作〈山花子〉。

〔註175〕《歷朝名人詞選》作「淡粧多態」。

6、許寶善《自怡軒詞選》

《自怡軒詞選》，許寶善輯，凡八卷，附玉田先生樂府指迷一卷。許寶善於序中先論及詩餘詞之異：「夫詞，詩之餘，其為抒寫性情，與詩無二；然詩不過四五七言而止，詞則自一言二言至八九言，其中句斷意聯，盡而不盡，加以四聲五音，移宮換羽，陰陽、輕重、清濁、疾徐之別，其難更備於詩。」認為詞難於詩。又評《詞綜》：「兼收博採，含英咀華，可謂無美不臻矣。然求多求備，譬猶泰山不讓土壤，河海不擇細流，收取稍濫，或有之宗者，不學古人之長而反學其短，不幾大負竹垞苦心也。」再述選詞之由：「詞學一道，講求者絕少，倘風雅名流，任筆揮灑，或失於靡曼，或流于粗豪，或詞妙而律未純，或律協而詞未雅，此亦學者之關也。因取唐宋詞之佳者彙成一編，偶有字句未愜心處，寧割愛遺之。」因此所選之詞皆是「涵詠浸潤，純粹以精，意必超元，語必俊潔」，其中特愛南宋之詞，序中言：「詞盛於北宋，至南宋乃極其致，其實姜堯章最為傑出，他若張玉田、史梅谿、高竹屋、王碧山、盧申之、吳夢窗、蔣竹山、陳西麓、周草窗諸人，無不各號名家，相與鼓吹一時。」觀全書收詞數最多者為姜夔、張炎、周邦彥、吳文英、蘇軾，確實多取南宋之詞。是書僅錄賀詞 4首，收〈浣溪沙〉（樓角初銷）〔註176〕、〈望湘人〉（厭鶯聲到枕）兩闋並未有所圈點品評，〈青玉案〉（凌波不過）一闋，詞句自「錦瑟年華」至尾皆有圈點。〈薄倖〉（豔真多態）之下片韻腳有圈點，評：「轉折正不容易」。收錄賀詞為他選常收之詞，數量不多，且較少品評，顯示對賀詞接受程度較低。

7、黃蘇《蓼園詞選》

《蓼園詞選》，又名《偶彭樓詞選》，黃蘇編。黃蘇，原名道溥，字蓼園，廣西臨桂（今桂林）人，乾隆五十四年（1789）舉人。此書作於清代乾嘉年間，此時為清王朝由盛轉衰的轉折期，吏治腐敗，社

〔註176〕《自怡軒詞選》作「墙角紅銷」。

會動亂，詞人將自身幽怨之情巧妙寄託詞中，因此比興之說便是順應時代所需。《蓼園詞選》是以明顧從敬、沈際飛評箋的《草堂詩餘正集》爲底本，「取材於《草堂》而汰其近俳近俚諸作者也」〔註177〕，選錄唐五代、兩宋詞計88家，213闋，爲一部結合選詞與評詞的選本，比之成書時代相近的《詞選》，收詞數豐富許多。全書收詞數量較多者依序爲周邦彥、蘇軾、秦觀、歐陽脩、黃庭堅、辛棄疾、張先、柳永，收錄之詞大體能兼顧不同風格，名篇較少遺漏。浙派貶抑蘇、辛，而黃蘇卻給予二人恰當之地位，選詞標準，比之浙派，門戶之見較少。在選錄的每闋詞下，先擇錄名家詞話，再繫以按語，或箋釋詞話出處，或考詞作背景與作家身世，並闡明詞旨；或分析章句結構與用事練字。通過選詞和評詞，提出「思深而托興遠」、「婉側」等論詞標準，推尊詞體，以提高詞的地位；從全書箋評也可看出，黃蘇主意內言外，寄託比興之說，注重作者的積極思想、高昂格調，貶斥空疏纖弱、無病呻吟之作，〔註178〕至於豔麗或俚俗之詞也一概不收。

錄賀詞5闋詞，其中誤收蔡伸〈柳梢青〉（子規啼血），實收賀詞4首，收詞包括〈浣溪沙〉（樓角初銷）分類爲「晚景」，詞下引《漁隱叢話》之評，謂賀詞「淡黃楊柳帶棲鴉」一句「寫景詠物，造微入妙」，但全篇則不逮此也；〔註179〕〈臨江仙〉（巧翦合歡）分類爲「立春」，於下評曰：「首闋言勸酒者，辭意周至，見主人款待之厚。第二闋言自己心緒之多牽。『未至』句，言尙未至，如相如爲文園令，以病免之時，而心繫京華，如薛道衡之思故國也。情至婉而篤。」〔註

〔註177〕 清・況周頤：《蓼園詞選・序》，見錄於金啓華等編：《唐宋詞集序跋匯編》，頁433。

〔註178〕 參閱程千帆：〈清人選評詞集三種前言〉，見錄於程千帆編、尹志騰校點：《清人選評詞集三種》（濟南：齊魯書社，1988年9月），頁2～5。

〔註179〕 宋・胡仔撰：《苕溪漁隱詞話》，卷1，見錄於唐圭璋編《詞話叢編》，冊1，頁167。

〔註180〕 清・黃蘇輯：《蓼園詞選》，見錄於程千帆編、尹志騰校點：《清人選評詞集三種》（濟南：齊魯書社，1988年9月），頁51。

180〕黃蘇此選本編於清朝動亂之際，因此推崇詞中愛國之心，故而聚
焦於賀鑄此闋詞中的故國之思。〈青玉案〉（凌波不過）下評曰：「方
回有小築在姑蘇盤門內，地名橫塘，時往來期間有此作。方回以考惠
皇后族孫，元祐中通判泗州，又倅太平州，退居吳下，是此時作於退
休之後也，自有一番不得意難以顯言處。言斯所居橫塘，斷無宓妃到，
然波光清幽，亦常目送芳塵，第孤寂自守，無與爲歡，惟有春風相慰
藉而已。次闋言幽居腸斷，不盡窮愁，惟見煙草風絮，梅雨如霧，其
此且晚耳。無非寫其境之鬱勃岑寂也。」〔註 181〕先考詞人身世與作
詞背景，並探析詞中要旨與藝術技巧，謂賀鑄此闋詞寫來「鬱勃岑
寂」，是因「孤寂自守」而「難以顯言」。〈望湘人〉（厭鶯聲到枕）下
考釋詞中之典：「咸通中，臨淮武公業妾步非煙，善秦聲，好文章。
意志濃腴，得騷怒之遺韻。」〔註 182〕後再述賀鑄身世：「方回以考惠
皇后族孫，通判四州，又倅太平州，退居吳下，自號慶湖居士。」〔註
183〕再引張文潛之語評論賀鑄詞風：「張文潛稱其樂府絕妙一世，幽
索（宜作「潔」）如屈、宋，悲壯如蘇、辛，斷推此種。」〔註 184〕是
推許賀詞的幽潔悲壯。

8、張惠言《詞選》

　　《詞選》兩卷，張惠言編，初刊於嘉慶二年（1797）〔註 185〕。
收錄唐詞 3 家 20 首，五代 8 家 26 首，宋代 33 家 68 首，共計詞人
44 家，116 闋詞，在名家輩出、佳篇如潮的唐五代兩宋時期，所選之

〔註 181〕清・黃蘇輯：《蓼園詞選》，見錄於程千帆編、尹志騰校點：《清人
　　　　　選評詞集三種》（濟南：齊魯書社，1988 年 9 月），頁 63。
〔註 182〕清・黃蘇輯：《蓼園詞選》，見錄於程千帆編、尹志騰校點：《清人
　　　　　選評詞集三種》（濟南：齊魯書社，1988 年 9 月），頁 123。
〔註 183〕清・黃蘇輯：《蓼園詞選》，見錄於程千帆編、尹志騰校點：《清人
　　　　　選評詞集三種》（濟南：齊魯書社，1988 年 9 月），頁 123。
〔註 184〕清・黃蘇輯：《蓼園詞選》，見錄於程千帆編、尹志騰校點：《清人
　　　　　選評詞集三種》（濟南：齊魯書社，1988 年 9 月），頁 123。
〔註 185〕參閱王兆鵬：《詞學史料學》（北京：中華書局，2009 年 2 月），頁
　　　　　363。

作相對而言是較不豐富的，此與其擇詞之嚴謹標準有密切關聯。是書作於嘉慶初年，清朝由盛轉衰，政局不安爆發白蓮教起義，以致有識之士力圖革新時政，不再以考據之學作爲學術主流，反以經世致用之思代替。謝章鋌《張惠言詞選・跋》言：「自浙派盛行，大抵挹流忘源，棄華佩實。強者叫囂，弱者途澤；高者單薄，下者淫猥；不攻意，不治氣，不立格。」〔註186〕指出浙派末流創作喪失文學創作抒情寫意的本質，違反中國古典詩歌藝術緣情言志的傳統，也與經世思潮背道而馳；〔註187〕因此詞壇轉向注重「微言大義」，常州詞派張惠言編纂的《詞選》便應運而生。張惠言《詞選・序》言：

> 蓋《詩》之比興，變風之義，騷人之歌，則近之矣。然以其文小，其聲哀，放者爲之，或跌蕩靡麗，雜以倡狂俳優。然要其至者，莫不惻隱盱愉，感物而發，觸類條鬯，各有所歸，非苟爲雕琢曼辭而已。〔註188〕

其選詞標準重在詩之比興寄託。清・陳匪石《聲執》言：「比興之義，上通詩騷，此爲前所未有者，張氏實創之。詞體既因之而尊，開後人之門徑亦復不少，常州派之善於浙西派者以此。」〔註189〕是以張惠言爲常州詞派的開創者，其後常州詞派的詞學思想幾乎就其詞學理論而發展；〔註190〕張惠言選詞貴在比興，尊詞體亦因之而尊。全書收詞數排名前三者爲唐代溫庭筠、北宋秦觀、五代李後主。諸如柳永、黃庭堅、劉過、吳文英之詞，因「盪而不反」、「傲而不理」、「枝而不物」故摒而不錄。藉由選擇「義有幽隱」之詞「並爲指發」，並說明選詞之作用在於「幾以塞其下流，導其淵源，無使風雅之士懲於鄙俗

〔註186〕 清・謝章鋌：《張惠言詞選・跋》，見錄於《續修四庫全書》。

〔註187〕 參閱陳水雲：《清代詞學發展史論》（北京：學苑出版社，2005年7月），頁373。

〔註188〕 清・張惠言：《詞選・序》，見錄於《續修四庫全書》，頁536。

〔註189〕 清・陳匪石撰：《聲執》，見錄於唐圭璋編：《詞話叢編》，冊5，頁4964。

〔註190〕 朱惠國：《中國近世詞學思想研究》（上海：上海古籍出版社，2005年6月），頁42。

之音，不敢與詩賦之流同類而風誦之也。」〔註191〕《詞選》僅錄賀
鑄〈青玉案〉（凌波不過）一闋詞，對賀鑄接受程度甚低，清・陳廷
焯《白雨齋詞話》評《詞選》「可稱精當，識見之超，有過於竹垞十
倍者，古今選本，以此爲最。但唐五代兩宋詞，僅取百十六首，未免
太隘。」〔註192〕是肯定《詞選》之精當，但是選不可否定的缺失在
於選詞狹隘，只擇錄賀鑄一闋詞，甚爲不足，可肯定的是，〈青玉案〉
一詞在當時享有甚譽。

9、董毅《續詞選》

　　《續詞選》二卷，是董毅有感於《詞選》選詞太嚴和拘泥比興之
失，〔註193〕因此收張惠言《詞選》未收之詞，亦爲常州詞派之繼承。
擇錄唐詞 4 家 9 首，五代詞 6 家 13 首，宋詞 42 家 100 首，合計收詞
52 家，122 闋，增入柳永、劉過、吳文英等人之詞，比之張惠言《詞
選》，收錄詞家與詞作數皆較多。張琦《續詞選・序》曰：「《詞選》
之刻，多有病其太嚴者，擬續選而未果。今夏，外孫董毅子遠來署，
攜有錄本，適愜我心，爰序而刊之，亦先兄之志也。」〔註194〕可知
董毅《續詞選》爲《詞選》的補充與延續。錄詞數位居前列者爲南宋
張叔夏、北宋秦觀、周邦彥與南宋姜堯章。僅收賀鑄〈石州引〉（薄
雨收寒）〔註195〕一闋，爲《詞選》所未收者。

10、周濟《宋四家詞選》

　　《宋四家詞選》不分卷，周濟編。周濟（1781～1839），字保緒、
介存，號未齋、止庵，江蘇荊溪（今宜興）人，嘉慶十年（1805）進
士。全書標舉周邦彥、辛棄疾、王沂孫、吳文英，周濟以四家爲宋詞

〔註191〕　清・張惠言：《詞選・序》，見錄於《續修四庫全書》，頁 536。
〔註192〕　清・陳廷焯：《白雨齋詞話》，卷 1，見錄於唐圭璋編：《詞話叢編》，
　　　　　冊 4，頁 3777。
〔註193〕　參閱陳水雲：《清代詞學發展史論》（北京：學苑出版社，2005 年 7
　　　　　月），頁 166。
〔註194〕　清・張琦：《續詞選・序》，見錄於《續修四庫全書》，集部，冊 1732。
〔註195〕　《續詞選》作〈柳色黃〉（薄雨催寒）。

「四家領袖」，書中以四家爲首，分別收錄周邦彥 26 闋、辛棄疾 24 闋、吳文英 22 闋、王沂孫 20 闋；其餘詞人均附屬於四家之下，共計選錄詞人 51 家，詞作 239 闋。《宋四家詞選・序》云：「夫詞非寄託不入，專寄託不出。一物一事，引而伸之，觸類多通。」〔註 196〕闡發常州詞派張惠言之寄託說，又能挽救張惠言寄託論之固執之弊。言詞若全無寄託，則詞意淺薄，無深遠之旨，故須入；若一心求寄託，則其旨拘泥而無深長之味，故又需入而能出。〔註 197〕周濟對張惠言《詞選》的繼承與推廣有甚大影響之功。是書擇錄賀詞 7 闋，排名第十二。其中於〈薄倖〉一詞注曰：「耆卿於寫景中見情，故淡遠；方回於言情中佈景，故穠至。」序中評賀鑄詞曰：「方回鎔景入情，故穠麗。」對賀詞中「情中佈景」、「鎔景入情」加以讚許，且對於賀鑄詞的「穠麗」風格特爲欣賞。

11、陳廷焯《詞則》

陳廷焯（1853～1892），一字亦烽，丹徒（今江蘇鎮江）人，著《詞則》，成書於光緒十六年（1890）。〔註 198〕全書分爲《大雅》、《放歌》、《別調》、《閑情》四集，凡 24 卷，收錄自唐迄晚清之詞作共計 2360 闋。《詞則・序》：「《大雅》爲正，三集副之，而總名之曰《詞則》。求諸《大雅》，固有徐師，即遁而之他，亦即可於《放歌》、《閑情》、《別調》中求大雅，不至入於岐趨。」〔註 199〕陳廷焯以《大雅集》爲詞的最高典範，其它三集則可視爲作詞準則，爲不同風格與題材提出創作的參考範例。選本以作品做分類，同個詞家之作可能散佈於不同詞集中。

〔註196〕 清・周濟輯：《宋四家詞選》，見錄於《續修四庫全書》，集部，冊 1732。

〔註197〕 參閱譚新紅著：《清詞話考述》（武漢：武漢大學出版社，2009 年 9 月），頁 93。

〔註198〕 參閱王兆鵬：《詞學史料學》（北京：中華書局，2009 年 2 月），頁 368。

〔註199〕 清・陳廷焯：《詞則・序》，見錄於《詞則》（上海：上海古籍出版社，1984 年 5 月），頁 2。

（1）《詞則・大雅集》

《大雅集》共六卷，卷一收唐詞6家27首，卷二收五代十國詞11家41首，卷三至卷四收宋詞計47家298首，卷四又收金詞2家4首，元詞5家9首，明詞6家11首，卷五、卷六收清詞51家181首，共計詞人128家，571闋詞。《大雅集》中收宋詞最多，尤以南宋詞為最。《大雅集・序》：「古之為詞者，志有所屬，而故鬱其辭；情有所感，而或隱其義。而要皆本諸風騷，歸於忠厚。」〔註200〕此集收入具有詩經「風騷」精神之詞，以「求本原所在」〔註201〕，執大雅以尋源。此集收錄前五之詞家分為王沂孫38闋、張炎33闋、莊棫30闋、姜夔23闋、溫庭筠與秦觀皆20闋。《大雅集》於卷二收賀鑄詞六闋，包含〈青玉案〉（凌波不過）、〈踏莎行〉（楊柳回塘）、〈踏莎行〉（急雨收春）、〈浣溪沙〉（秋水斜陽）、〈望湘人〉（厭鶯聲到枕）、〈清平樂〉（小桃初謝）。其中評〈踏莎行〉（楊柳回塘）曰：「此調應有所指，騷情雅意，哀怨無端，讀者亦不自知何以心醉也。」〔註202〕評〈踏莎行〉（急雨收春）曰：「低徊曲折，方回詞只就眾人所有之語，運用入妙，其長處正不可及。」〔註203〕評〈浣溪沙〉（秋水斜陽）云：「只用數虛字盤旋唱歎，而情事畢現，神乎技矣。」〔註204〕又評〈清平樂〉（小桃初謝）言：「宛約有味。」〔註205〕儘管《大雅集》收賀鑄詞之數量不高，但觀陳廷焯對賀鑄詞之評價卻是十分讚譽的。

〔註200〕清・陳廷焯：《大雅集・序》，見錄於《詞則》（上海：上海古籍出版社，1984年5月），頁7。
〔註201〕清・陳廷焯：《大雅集・序》，見錄於《詞則》（上海：上海古籍出版社，1984年5月），頁7。
〔註202〕清・陳廷焯：《詞則・大雅集》（上海：上海古籍出版社，1984年5月），頁64。
〔註203〕清・陳廷焯：《詞則・大雅集》（上海：上海古籍出版社，1984年5月），頁64。
〔註204〕清・陳廷焯：《詞則・大雅集》（上海：上海古籍出版社，1984年5月），頁64。
〔註205〕清・陳廷焯：《詞則・大雅集》（上海：上海古籍出版社，1984年5月），頁65。

（2）《詞則・閑情集》

《閑情集》凡六卷，卷一收唐詞 6 家 11 首、五代十國詞 18 家 55 首，卷一至卷二收宋詞 55 家 148 首，卷二又收金詞 3 家 4 首、元詞 9 家 9 首、明詞 20 家 26 首，卷三至卷六收清詞共 106 家 402 首，總計 217 家，655 闋詞，此集收錄清詞爲多，以朱彝尊 72 首爲冠，次之爲董以甯 42 首、陳維崧 40 首，而宋詞則以晏幾道 30 首爲最。《閑情集・序》云：

> 淵明以名臣之後，際易代之時，欲言難言，時時寄託。「閑情」雲者，閑其情使不得逸也。是以歷寫諸願，而終以所願必違，其不仕劉宋之心，言外可見。淺見者膠柱鼓瑟，致使美人香草之遺意，等諸桑間淮上之淫聲，此昭明之過也。〔註206〕

此集多收入美人香草寓意寄託之作。陳廷焯於《白雨齋詞話》云：「閑情之作，雖屬詞中下乘，然亦不易工。蓋摹色繪聲，礙難著筆。」〔註207〕是認爲閑情之作雖非上乘，但仍爲不易工者。《閑情集・序》曰：「名以『閑情』，欲學者情有所閑，而求合於正，亦聖人『思無邪』旨也。」〔註208〕所收之詞，雖是「白璧微瑕」，但仍是合乎正雅的。此集於卷一錄賀鑄詞 4 闋，包括〈薄倖〉（豔眞多態）〔註209〕、〈石州引〉（薄雨收寒）〔註210〕、〈菩薩蠻〉（厭厭別酒）、〈瑞鷓鴣〉（月痕依約）。其中評〈薄倖〉（豔眞多態）曰：「低回往後」、「意致纏綿而筆勢飛舞。」〔註211〕評〈石州引〉（薄雨收寒）上闋：「寫景亦佈

〔註206〕 清・陳廷焯：《閑情集・序》，見錄於《詞則》（上海：上海古籍出版社，1984 年 5 月），頁 841。

〔註207〕 清・陳廷焯撰：《白與齋詞話》，卷 5，見錄於唐圭璋編：《詞話叢編》，冊 4，頁 3885。

〔註208〕 清・陳廷焯：《閑情集・序》，見錄於《詞則》（上海：上海古籍出版社，1984 年 5 月），頁 841。

〔註209〕 《詞則・閑情集》作「淡妝多態」。

〔註210〕 《詞則・閑情集》作〈柳色黃〉（薄雨催寒）。

〔註211〕 清・陳廷焯：《詞則・閑情集》（上海：上海古籍出版社，1984 年 5 月），頁 896。

置得宜」，言「還記」二句：「十字往返不盡」，又評「欲知」五句「淋漓頓挫，情生文，文生情」〔註212〕。再評〈瑞鷓鴣〉（月痕依約）：「亦有別致」〔註213〕

（3）《詞則・別調集》

《別調集》凡六卷，卷一收唐詞 12 家 44 首、五代十國詞 14 家 47 首，卷一至卷二收宋詞共計 81 家 207 首，卷三收金詞 5 家 6 首、元詞 16 家 26 首、明詞 21 家 24 首，卷三至卷六收清詞計有 108 家 331 首，共達 257 家，詞作 685 闋；其中收錄清詞最多，收詞數則爲《詞則》諸集中數量最多者；然而在地位上，似乎是三種副集中最低的。由於「大雅不多見，而繁聲於是乎作矣」〔註214〕，因此《別調集》收入「嘯傲風月，歌詠江山，規模物類」之詞作，《別調集・序》表明所詞之標準在於「情有所感而不深，義有託而不理，直抒所事，而比興之義亡。侈陳其盛，而怨慕之情失。辭極其工，意極其巧，而不可語於大雅，而亦不能盡廢也。」〔註215〕此集收錄之詞作情感雖不深，也失比興之義，但終是有感而發，辭工意巧。《白雨齋詞話》亦云：「回文、集句、疊韻、變調各體，餘於《別調集》中，求其措語無害大雅者，擇錄一二，非賞其工也，聊備一格而已。」〔註216〕此集於卷一收賀鑄詞 15 闋，佔所收宋詞中數量之冠。對賀鑄詞幾乎每闋皆有評點，且精譬入裡，不僅論及詞之作法，也品評賀詞風格，如言〈小梅花〉（縛虎手）是「掇拾古語，運用入化，借他人之酒杯，澆自己之塊壘。趙聞禮所謂『有酣耳熱，浩歌數過，亦一快也。』」

〔註212〕清・陳廷焯：《詞則・閑情集》（上海：上海古籍出版社，1984 年 5 月），頁 896。

〔註213〕清・陳廷焯：《詞則・閑情集》（上海：上海古籍出版社，1984 年 5 月），頁 897。

〔註214〕清・陳廷焯：《別調集・序》，見錄於《詞則》（上海：上海古籍出版社，1984 年 5 月），頁 531。

〔註215〕清・陳廷焯：《別調集・序》，見錄於《詞則》（上海：上海古籍出版社，1984 年 5 月），頁 531。

〔註216〕清・陳廷焯：《白雨齋詞話》，卷 7。

〔註 217〕評〈好女兒〉（車馬匆匆）云：「上三句就眼前說，下三句從對面寫。上下三句俱有三層意義，不似後人疊床架屋，其病百出也。」

〔註 218〕評〈浣溪沙〉（煙柳春梢）：「（望處二句）對法亦超脫。」〔註 219〕又言〈浣溪沙〉（夢想西池）：「一句結醒，峭甚。」〔註 220〕評〈清平樂〉（陰晴未定）：「意餘於言，是方回獨至處。」〔註 221〕評〈憶秦娥〉（曉朦朧）：「〈憶秦娥〉二章，別饒姿態，骨高氣古，他手未易到此。」〔註 222〕又云：「何等怨怨，卻以淺淡語出之。躁心人不許讀也。」

〔註 223〕評〈憶秦娥〉（著春衫）：「看似信筆寫去，其中自有波折，幽索如屈宋，豈凡艷所能彷彿。」〔註 224〕評〈感皇恩〉（蘭芷）：「筆致宕往」〔註 225〕又曰：「骨韻俱勝，用筆亦精譬。」〔註 226〕評〈惜分飛〉〔註 227〕（皎鏡平湖）：「言情處亦是橫空盤硬語。」〔註 228〕評〈鷓

〔註 217〕 清・陳廷焯：《詞則・別調集》（上海：上海古籍出版社，1984 年 5 月），頁 593。

〔註 218〕 清・陳廷焯：《詞則・別調集》（上海：上海古籍出版社，1984 年 5 月），頁 590。

〔註 219〕 清・陳廷焯：《詞則・別調集》（上海：上海古籍出版社，1984 年 5 月），頁 591。

〔註 220〕 清・陳廷焯：《詞則・別調集》（上海：上海古籍出版社，1984 年 5 月），頁 591。

〔註 221〕 清・陳廷焯：《詞則・別調集》（上海：上海古籍出版社，1984 年 5 月），頁 588。

〔註 222〕 清・陳廷焯：《詞則・別調集》（上海：上海古籍出版社，1984 年 5 月），頁 588。

〔註 223〕 清・陳廷焯：《詞則・別調集》（上海：上海古籍出版社，1984 年 5 月），頁 589。

〔註 224〕 清・陳廷焯：《詞則・別調集》（上海：上海古籍出版社，1984 年 5 月），頁 589。

〔註 225〕 清・陳廷焯：《詞則・別調集》（上海：上海古籍出版社，1984 年 5 月），頁 589。

〔註 226〕 清・陳廷焯：《詞則・別調集》（上海：上海古籍出版社，1984 年 5 月），頁 589。

〔註 227〕 《詞則・別調集》作〈惜雙雙〉。

〔註 228〕 清・陳廷焯：《詞則・別調集》（上海：上海古籍出版社，1984 年 5 月），頁 590。

鷓天〉〔註229〕（重過閶門）：「悲惋於直截處見之，當是悼亡作。」〔註
230〕評〈好女兒〉（車馬匆匆）：「設色精工，措語亦別致。」〔註231〕
評〈浣溪沙〉（清淺陂塘）云：「結七字幽豔」〔註232〕評〈如夢令〉（蓮
葉初生）〔註233〕：「景中帶情，一結自足。」〔註234〕更將賀詞推至
甚高之地位，如評〈浣溪沙〉（鸚鵡無言）言：「方回詞一語抵人千百。」
〔註235〕所收之詞作多有歷代詞選甚少注意者，且對於賀詞之評點亦
甚仔細與精準，可謂歷代詞選中最重視賀詞者。

12、王闓運《湘綺樓詞選》

　　王闓運（1833～1916），字壬秋，號湘綺，湖南湘潭人，咸豐七
年（1857）舉人，編《湘綺樓詞選》三卷，分前編、續編、本編三卷。
前編自朱彝尊《詞綜》選錄；續編爲編者自集精華名篇而成；本編從
周密《絕妙好詞》選出，全書共收錄五代至南宋詞55家，76詞，其
中多數詞人僅錄一闋。王闓運不屬任一學派，非爲傳達詞學觀點編製
此書，而是閒暇之時摘錄經典名作，以陶冶性情之用。選錄之詞牌下
無詞題與詞序，詞人名下亦不列小傳，詞作下偶有品評。其中收錄最
多爲姜夔、蘇軾之作，各計5首；其次爲周邦彥、辛棄疾、李煜，各
有3首入選。是書僅收賀詞名作〈青玉案〉（凌波不過）一闋，上有
眉批語曰：「一句一月非一時也。不著一字，故妙。」可見王闓運特
爲喜愛賀鑄此闋名篇。

〔註229〕　《詞則・別調集》作〈思越人〉。
〔註230〕　清・陳廷焯：《詞則・別調集》（上海：上海古籍出版社，1984年5
　　　　　月），頁590。
〔註231〕　清・陳廷焯：《詞則・別調集》（上海：上海古籍出版社，1984年5
　　　　　月），頁590。
〔註232〕　清・陳廷焯：《詞則・別調集》（上海：上海古籍出版社，1984年5
　　　　　月），頁592。
〔註233〕　《詞則・別調集》作〈憶仙姿〉「蓮葉初昇」。
〔註234〕　清・陳廷焯：《詞則・別調集》（上海：上海古籍出版社，1984年5
　　　　　月），頁593。
〔註235〕　清・陳廷焯：《詞則・別調集》（上海：上海古籍出版社，1984年5
　　　　　月），頁591。

13、梁令嫻《藝蘅館詞選》

是書輯者梁令嫻，爲梁任公之長女。於習詞時抄寫歷代詞作而編成此書，書中時有校對按語，爲詞學研究提供重要的文獻資料。《藝蘅館詞選》凡五卷，甲卷爲唐五代詞，乙卷爲北宋詞，丙卷爲南宋詞，丁卷爲清朝及近人詞，戊卷爲補遺。收 179 家，詞 689 闋。自序中言：

> 選本則自《花間集》、《樂府雅詞》、《陽春白雪》、《絕妙好詞》、《草堂詩餘》等，皆斷代取材，未由盡正變之軌。近世朱竹垞氏網羅百代，泐爲《詞綜》，王德甫氏繼之，可謂極茲事之偉觀。然苦於浩瀚，使學子有望洋之嘆。若張皋文氏之《詞選》、周止庵氏之《宋四家詞選》，精粹蓋前無古人，然引繩批根，或病太嚴，主奴之見，亮所不免。〔註236〕

因此梁氏原手抄資諷誦殆二千首，後麥蛻庵甄別取去，斟酌於繁簡之間，僅存百餘闋詞。《藝蘅館詞選》注重詞的比興寄託功用。選詞外附上詞人小傳及歷代評論，主要有張惠言、周濟、譚獻、張炎、黃庭堅、晁補之等人的評點。例言書眉附有前人品評，也收錄其父梁啓超的詞評詞論。收賀詞 5 闋，包括〈薄倖〉（豔眞多態）〔註237〕、〈青玉案〉（凌波不過）、〈石州引〉（薄雨收寒）〔註238〕、〈清平樂〉（小桃初謝）、〈感皇恩〉（蘭芷）。

14、朱祖謀《宋詞三百首》

《宋詞三百首》不分卷，朱祖謀與況周頤共同編纂。是書產生於新舊詞學交替時期，具有終結時代的詞學特色與群體性之特徵。以人爲編次，起帝王宋徽宗詞，末爲李清照詞，按時代先後順序列次，選錄 283 首，選詞數較多者爲吳文英、周邦彥、姜夔、晏幾道、柳永、辛棄疾。〈自序〉云：

〔註236〕 清·梁令嫻：《藝蘅館詞錄》（臺北：中華書局，1970 年 10 月）。
〔註237〕 《藝蘅館詞錄》作「淡妝多態」。
〔註238〕 《藝蘅館詞選》作〈柳色黃〉（薄雨催寒）。

> 讀宋人詞當於體格、神致間求之。而體格尤重於神致，以
> 渾成之一境，爲學人必赴之程境。更有進於渾成者，要非
> 可而躐至，此關係學力者也。神致由性靈出，即體格之至
> 美，積發而爲清暉芳氣而不可掩者。〔註239〕

認爲塡詞特重氣格，氣格從性靈而出，需渾然天成。是選收賀詞 11
闋，排名第七，於北宋詞人中僅次於晏幾道與柳永，位居第三，收詞
數勝於豪放詞人蘇軾 10 首，婉約詞人秦觀 7 首，可見朱祖謀對賀鑄
接受程度偏高。錄賀鑄詞作中，幾乎爲例代詞選常收之作，除〈多麗〉
〔註240〕（玉人家）一闋未見錄於其他選本中，此爲長調慢詞的閨情
之作，設色穠豔，藉各式精巧之物推疊相思之情；此闋詞爲歷代詞選
皆未收者，可見朱祖謀獨特的擇詞眼光。

（二）未收賀詞之詞選

1、馮煦《宋六十一家詞選》

　　馮煦編《宋六十一家詞選》，是以毛晉《宋六十名家詞》爲選詞底
本。編纂緣由是「念赭寇之亂，是刻或爲煨燼，以予得之之難，而海內
傳本不數數觀也。」〔註241〕選本中不做任何評點，以客觀的角度，淡化
選者的立場，馮煦於《蒿庵論詞》中提出「就各家本色，擷精舍康」的
編選宗旨，在選本中存錄並展現各種詞家風格。於《宋六十一家詞選・
例言》中論及各家風格特色，卻隻字未及賀鑄之詞，只於例言尾端言：
「毛氏就其藏本，更續付梓，於兩宋名家，若半山、子野、方回、石湖、
東澤、日湖、草窗、碧山、玉田諸君子，未及彙入。即所刻諸家之中，
亦仍有裒輯未備者，茲既從之甄采，雖別得傳本，亦不敢據以選補。域
守一隅，彌自恧已。」〔註242〕馮煦自知選詞有所遺漏。

〔註239〕　清・朱祖謀輯：《宋詞三百首・序》（臺北：臺灣古籍出版社，2005
　　　　　年 11 月）。
〔註240〕　《宋詞三百首》作〈綠頭鴨〉。
〔註241〕　清・馮煦：《宋六十一家詞選》（臺北：文化圖書公司，1956 年 3 月）。
〔註242〕　清・馮煦：《宋六十一家詞選・例言》（臺北：文化圖書公司，1956
　　　　　年 6 月），頁 15。

2、戈載《宋七家詞選》

戈載《宋七家詞選》一書是融合詞譜之學和校勘之學的詞選，也是世人填詞的範本。全書所選七人爲周邦彥、史達祖、姜夔、吳文英、周密、王沂孫、張炎，皆是宋代格律工整之詞家，其中僅周邦彥一人爲北宋詞人，其餘均爲南宋詞家。清·蔣兆蘭《詞說》言《宋七家詞選》是「標舉詞家準的，詳於南宋者，以詞至南宋始極其精也。」〔註243〕戈載「擇其句意全美律韻兼精者」〔註244〕編輯成書，而編此選本之目的爲「欲求正軌以合雅音」〔註245〕，又戈載爲吳中詞派聲律派代表，知所選之詞著重於音律和諧。賀鑄爲北宋知音律者，清·田同之《西圃詞說》謂「李易安批歐陽修、蘇軾之詩爲『皆句讀不葺之詩爾，又往往不協音律者』認爲『蓋詩文分平仄，而歌詞分五音，又分五聲，又分音律，又分清濁輕重。』後晏叔原、賀方回、秦少游、黃魯直出，始能知之。」〔註246〕又清·蔡嵩雲《柯亭詞論》引仇山村之言：「北宋如屯田、方回、清眞、雅言諸家，南宋如白石、梅溪、夢窗、草窗、玉田諸家，大都妙解音律，所爲詞，聲文並茂。」〔註247〕是將賀鑄與南宋姜夔、史達祖、吳文英、周密、張炎皆列爲「妙解音律」之人，然戈載作《宋七家詞選》多關注於南宋詞家，忽略北宋知詞律者，甚爲缺憾。

3、周濟《詞辨》

《詞辨》分爲正、變二卷，選源以《詞綜》爲主，選目偏重南

〔註243〕 清·蔣兆蘭撰：《詞說》，見錄於唐圭璋編：《詞話叢編》，冊5，頁4367。

〔註244〕 清·戈載：《宋七家詞選·序》（臺北：河洛圖書出版社，1978年5月）。

〔註245〕 清·戈載：《宋七家詞選·序》（臺北：河洛圖書出版社，1978年5月）。

〔註246〕 清·田同之撰：《西圃詞說》，見錄於唐圭璋編：《詞話叢編》，冊2，頁1450～1451。

〔註247〕 清·蔡嵩雲撰：《柯亭詞論》，見錄於唐圭璋編：《詞話叢編》，冊5，頁4899。

宋。《詞辨‧序》表明編選之目的爲「祛學者之惑」，以導正世俗病於「辭不逮意，意不尊體，與夫淺陋淫藝之篇」〔註 248〕。正卷收錄「蘊藉深厚，而才豔思力，各騁一途，以極其致」〔註 249〕之詞，收錄詞家包括溫庭筠、韋莊、歐陽炯、馮延巳、晏殊、歐陽脩、晏幾道、柳永、秦觀、周邦彥、陳克、史達祖、吳文英、周密、王沂孫、張炎、唐珏、李清照等 18 家。變卷收錄詞家爲李後主、蜀主孟昶、鹿虔扆、范仲淹、蘇軾、王安國、辛棄疾、姜夔、陸游、劉過、蔣捷等 11 家。周濟〈詞辨序〉：「南唐後主以下，雖駿快馳騖，豪宕感激，稍稍漓矣；然猶皆委曲以致其情，未有亢厲剽悍之習，抑亦正聲之次也。」〔註 250〕視變聲爲正聲之別格。是書無收賀鑄之詞，或認爲賀詞之風未達「蘊藉深厚」之風格，也未能「委曲以致其情」；然細觀賀鑄之詞，不僅有蘊藉深厚之詞風如〈青玉案〉（凌波不過）、〈感皇恩〉（蘭芷），亦有沉鬱之詞調如〈小梅花〉（城下路）、〈鷓鴣天〉（重過閶門）等，但《詞辨》一書卻忽略賀鑄之作，究其原因，或可歸因於賀鑄詞之風格多樣，不僅以一體爲長，因此未能完全精準的將之歸屬爲哪一類。

二、清編格律譜詞選對賀詞之接受概況

下表 2－7 爲清編十部「格律譜」詞選之編纂資料與收賀詞數之排序，表後分別研究各選本之收詞標準與收賀詞之情況。

〔註 248〕 清‧周濟：〈詞辨序〉，見錄於《續修四庫全書》，集部，冊 1732，頁 576。

〔註 249〕 清‧周濟：〈詞辨序〉，見錄於《續修四庫全書》，集部，冊 1732，頁 576。

〔註 250〕 清‧周濟：〈詞辨序〉，見錄於《續修四庫全書》，集部，冊 1732，頁 576。

表 2－7：清編「格律譜」詞選收賀鑄詞之情況

收賀詞數排名	詞選名	編者	卷　　數	編選年代	賀詞數量
1	欽定詞譜〔註 251〕	王奕清	40 卷	唐代至清代	30
2	天籟軒詞譜〔註 252〕	葉申薌	5 卷	唐代至清代	23
3	詞律拾遺〔註 253〕	徐本立	8 卷	唐代至清代	10
4	詞繫〔註 254〕	秦巘	24 卷	唐代至清代	9
5	填詞圖譜〔註 255〕	賴以邠	6 卷、續集 3 卷	唐代至明代	4
6	詞律〔註 256〕	萬樹	20 卷	唐代至清代	3
7	選聲集〔註 257〕	吳綺	3 卷	唐代至宋代	3
8	詩餘譜式〔註 258〕	郭鞏	2 卷	唐代至清代	3
9	白香詞譜〔註 259〕	舒夢蘭	不分卷	唐代至清代	2
10	詞律補遺〔註 260〕	杜文瀾	不分卷	唐代至清代	0

〔註 251〕 清・王奕清等編，孫通海、王景桐校點：《欽定詞譜》（北京：學苑出版社，2008 年 6 月）。

〔註 252〕 清・葉申鄉輯：《天籟軒詞譜》，清道光間刊本，現藏於國家圖書館。

〔註 253〕 清・徐本立輯：《詞律拾遺》，見錄於《續修四庫全書》，頁 547～711。

〔註 254〕 清・秦巘編：《詞繫》（北京：北京師範大學出版社，1996 年 9 月）。

〔註 255〕 清・賴以邠：《填詞圖譜》，見錄於《四庫全書存目叢書》（臺南：莊嚴文化，1997 年 6 月），冊 426，頁 1～224。

〔註 256〕 清・萬樹輯：《詞律》，見錄於《文津閣四庫全書》（北京：商務印書館，2005 年），冊 500，集部。

〔註 257〕 清・吳綺輯：《選聲集》，《四庫全書存目叢書》，集部，冊 424，頁 436～515。

〔註 258〕 清・郭鞏輯：《詩餘譜式》，《四庫未收書輯刊》，冊 30，頁 437～504。

〔註 259〕 清・舒夢蘭輯：《白香詞譜》（臺北：世界書局，1968 年 10 月）。

〔註 260〕 清・杜文瀾輯：《詞律補遺》（臺北：世界書局，1959 年 12 月），頁 587～598。

（一）吳綺《選聲集》

　　《選聲集》，小令、中調、長調各一卷，凡三卷，吳綺輯，收錄五代宋人之詞。《選聲集・序》曰：「是譜所列，俾首尾轉換，平仄韻歌，一披楮素，粲若列星。用以縱古橫今，旁求博采，失律之誚，庶幾免乎。」〔註261〕稱此選爲「是譜」，明確表示制譜之意。對於一調有數體者，「只取一體入譜」〔註262〕，譜式簡略，稱詞調別體爲第某體，是沿襲明代詞譜之例。收錄詞作加以標記，標舉平仄以爲式，其字旁加方框者皆可平可仄之字，餘則平仄不可易也，其法自《塡詞圖譜》而來。選詞標準可見於《選聲集・凡例》：「專取音節諧暢，可誦可歌，以無失樂府審聲之旨」〔註263〕序云：「若夫纏綿悽艷，步秦、柳之柔情；磊落激揚，倣蘇、辛之豪舉，天實生才人拈本色，此又詞非譜出，而譜不盡詞也。」〔註264〕知吳綺所收之詞欲兼顧柔情與豪舉之作，觀是書收詞數前列者爲秦觀、柳永、周邦彥、辛棄疾、張先，婉約派詞作仍居多數。錄賀鑄詞 3 闋，包括〈太平時〉（蜀錦）、〈青玉案〉（凌波不過）、〈望湘人〉（厭鶯），三首皆列爲自度曲。

（二）賴以邠《塡詞圖譜》

　　《塡詞圖譜》，賴以邠撰，凡六卷，續集分上下卷。依小令、中調、長調分類。《塡詞圖譜・凡例》：「每調先列圖，次列譜，按圖諧音，按譜命意。」〔註265〕「圖圈即是譜詞」〔註266〕賴以邠以白圈爲

〔註261〕清・吳綺：《選聲集・序》，見錄於《四庫全書存目叢書》，集部，冊 424，頁 437。

〔註262〕清・吳綺：《選聲集・凡例》，見錄於《四庫全書存目叢書》，集部，冊 424，頁 438。

〔註263〕清・吳綺：《選聲集・凡例》，見錄於《四庫全書存目叢書》，集部，冊 424，頁 438。

〔註264〕清・吳綺：《選聲集・序》，見錄於《四庫全書存目叢書》，集部，冊 424，頁 437。

〔註265〕清・賴以邠：《塡詞圖譜》：《四庫全書存目叢書》（臺南：莊嚴文化，1997 年 6 月），冊 426，頁 1。

〔註266〕清・賴以邠：《塡詞圖譜》：《四庫全書存目叢書》（臺南：莊嚴文化，1997 年 6 月），冊 426，頁 2。

平，黑圈爲仄。「是編腫張綎之書而作，亦取古詞爲譜，而以黑白圈記其平仄」〔註267〕是依《詩餘圖譜》的體式爲本，蒐羅詞調。〔註268〕但是書「爲圖顛倒錯亂，罅漏百出，爲萬樹《詞律》所駁者，不能縷數。」〔註269〕收題作賀詞 5 闋，誤收蔡伸〈柳梢青〉（子規啼血），實收賀詞 4 闋。

（三）郭鞏《詩餘譜式》

《詩餘譜式》，郭鞏編。凡二卷，分爲二十五類，選詞共 330 調，450 體。〈譜說〉言編纂此選本是取《嘯餘譜》一書釐訂之，並評《嘯餘譜》一書之缺失在於「各調爲體甚繁，學者未免有考校之艱；余不揣狂瞽，摘其調中之清新雋雅者，揭而出之。」〔註 270〕其作法是將詞作「分作兩層，上則臚列古名公所撰，下則將其調之平仄圈以別之，其字數句讀與其用韻之平仄，悉尊古本，不過增以虛實圈法，無非欲吟擅諸君子有一定之式耳。」〔註 271〕是譜之特點在於譜詞分離，使一目了然。收賀詞 3 闋，包括〈望湘人〉（厭鶯聲到枕）分類爲「春思」、〈青玉案〉（凌波不過）分爲「春景」、〈薄倖〉（豔眞多態）〔註272〕分爲「春情」。錄賀詞數極少，接受程度不高。

（四）萬樹《詞律》

《詞律》爲陽羨詞人萬樹編，《詞律》的編纂自康熙十三年（1674）至康熙二十五年（1686），耗費約十八年時間，於康熙二十六年（1687）

〔註267〕清・賴以邠：《塡詞圖譜》：《四庫全書存目叢書》（臺南：莊嚴文化，1997 年 6 月），冊 426，頁 224。

〔註268〕陶子珍：《明代詞選研究》（臺北：威秀資訊科技，2003 年 7 月），頁 265。

〔註269〕清・賴以邠：《塡詞圖譜》：《四庫全書存目叢書》（臺南：莊嚴文化，1997 年 6 月），冊 426，頁 224。

〔註270〕清・郭鞏輯：《詩餘譜式・譜說》，《四庫未收書輯刊》，冊 30，頁 441。

〔註271〕清・郭鞏輯：《詩餘譜式・譜說》，《四庫未收書輯刊》，冊 30，頁 441〜442。

〔註272〕《詩餘譜式》作「淡粧多態」。

正式刊行。〔註273〕全書凡20卷，660調，1180體，取材自唐、宋、金、元詞，不收明朝自度和清朝自度之腔；校訂平仄音韻，句法異同，為《欽定詞譜》前精嚴詳備之詞譜。〔註274〕《詞律·序》云：「古音不作，大雅云亡，可勝悼哉！或云今日無復歌詞，斯世誰知協律，惟貴有文有采，博時譽於鏗鏘；何堪亦步亦趨，反貽譏於樸遬。」〔註275〕是感嘆古音不復，因此作《詞律》以供世人知律所用。書中指出《嘯餘譜》等譜之失，力求審定更正，合詞律之正軌；詞律自敘曰：「戊申、己酉之間，即與陳檢討其年論此至於金臺客邸。」〔註276〕此後又與陳維崧研討聲律，可見陽羨詞派對於詞調格律的投入與重視。〔註277〕萬樹認為圖譜易有版刻之誤，因此捨棄不用，改以小字隨文標注各調之句讀、平仄、韻協；又以詞分小令、中調、長調毫無根據，而以字數多寡排序；又廢除詞調分第某體之習，認為無從根據，因此創「又一體」，標誌詞調之別體。〔註278〕

　　全書收錄賀鑄詞僅3首，列為原詞者有〈太平時〉（蜀錦塵香）、〈石州引〉（薄雨收寒）〔註279〕兩首，列為「又一體」的為〈青玉案〉（凌波不過），是以史達祖（惠花老盡）為首製原詞。其中〈太平時〉一首，賀詞作「樓角雲開風捲幕」，《詞律》誤「樓」作「桉」，且注於旁曰：「可平」，是失檢也。再者，《詞律》有收〈小梅花〉一詞調，

〔註273〕參閱江合友：《明清詞譜史》（上海：上海古籍出版社，2008年5月），頁114～115。

〔註274〕徐楓：《嘉道年間的常州詞派》（臺北：雲龍出版社，2002年6月），頁100。

〔註275〕清·萬樹：《詞律·序》，見錄於金啓華等編：《唐宋詞集序跋匯編》，頁419。

〔註276〕清·萬樹：《詞律》（臺北：臺灣中華書局，1978年1月）《四部備要》本，頁2。

〔註277〕陶子珍：《明代詞選研究》（臺北：威秀資訊科技，2003年7月），頁479。

〔註278〕參閱江合友：《明清詞譜史》（上海：上海古籍出版社，2008年5月），頁307。

〔註279〕《詞律》作〈石州慢〉「薄雨催寒」。

但僅錄向子諲所作，甚爲可惜，〈小梅花〉應爲賀鑄所創，《詞律》厚此薄彼，疏漏甚矣。清·蔡嵩雲《柯亭詞論》亦云：「〈小梅花〉，係東山創調，一名〈梅花引〉，體近古樂府，宜逕用古樂府作法。軟句弱韻，均所最忌。賀作筆力陡健。《詞律》律收向子諲作，不逮賀作遠甚，而反謂勝之，眞賞識于牝牡驪黃之外矣。」〔註280〕然清·陳廷焯卻持相反意見，其《白雨齋詞話》評向子諲〈小梅花〉「頗不易工，古今合作，僅此一首。蓋轉韻太多，眞氣必減。且轉韻處必須另換一意，方能步步引人入勝。作者多爲調所窘。此作層層入妙，如轉丸珠。又如七寶樓臺，不容拆碎。」故錄此詞於《閑情集》；評賀方回〈小梅花〉是「專集古語以爲詞，可稱別調。」因此將賀鑄此詞錄於別調集。〔註281〕陳廷焯是賞向子諲之作勝於賀鑄；然觀向子諲之作，亦是「集古語以爲詞」，且就時代先後而論，確實以賀鑄之詞爲先。此外，賀鑄尙有其它原創之詞爲《詞律》所未收，是《詞律》之失；是故後人作詞譜如徐本立《詞律拾遺》、秦巘《詞繫》、葉申薌《天籟軒詞譜》等，皆表明是爲修訂增補《詞律》而作；而上列諸書所收賀詞確實遠超出《詞律》甚多，賀鑄創調之功終不被埋沒。

（五）徐本立《詞律拾遺》、杜文瀾《詞律補遺》

《詞律拾遺》，徐本立編，凡八卷，爲補《詞律》未收之詞調，共補165調，179體，暨補316體，凡495體。《詞律拾遺·凡例》云：「《詞律》未收之調，今補收者，謂之補調，《詞律》已收而體尙未備，今續增者，謂之補體，俱橫列於調名之上，一望可知。」〔註282〕卷一至卷六補《詞律》未被原書所未收之調，卷七卷八則爲訂正

〔註280〕 清·蔡嵩雲撰：《柯亭詞論》，見錄於唐圭璋編：《詞話叢編》，冊5，頁4916。

〔註281〕 清·陳廷焯：《白雨齋詞話》，卷7，見錄於唐圭璋編：《詞話叢編》，冊4，頁3953。

〔註282〕 清·徐本立輯：《詞律拾遺·凡例》，見錄於《續修四庫全書》，頁549。

《詞律》。除以《詞律》爲修正底本外，徐氏也參閱宋以來至清代之詞譜與詞選諸如《花間集》、《草堂詩餘》、《元草堂詩餘》、《詞林萬選》、《御選歷代詩餘》、《天籟軒詞譜》等書，亦參考各家詞話如《能改齋漫錄》、《容齋隨筆》、《竹坡老人詩話》等。在體制上，「定譜先音律而後語意」，是本《詞律》之法，言《詞律》「俳體之極牻鄙者亦收以備格，或者不明此理，藉口以文其陋，則非萬氏之失，而學者之失也。是編亦師其意，專明格律，不求詞語之工。」〔註283〕提及《詞律》收調是爲備格，而不講究詞旨本身。是選收題作賀詞爲9首，原創之詞包括〈迎春樂〉（逢迎一笑）、〈獻金杯〉〔註284〕（風軟香遲）、〈兀令〉（盤馬樓前）、〈水調歌頭〉（南國）、〈六州歌頭〉（少年俠氣）。列爲「又一體」的有〈感皇恩〉（蘭芷）、〈金人捧露盤〉（控滄江）、〈聲聲慢〉（園林冪翠）〔註285〕、〈萬年歡〉（淑質柔情）；此外誤收無名氏〈馬家春慢〉（珠箔風輕）、〈梅香慢〉（高閣寒輕）兩首；題爲李清臣〈謁金門〉（楊花落）應爲賀鑄之詞，因此《詞律拾遺》合計收10首賀鑄詞。《詞律》僅收賀詞一首，徐本立《詞律拾遺》增至10首，確實擴大收詞數量。

　　《詞律補遺》，杜文瀾編，此書無目次、序跋，僅於卷首記載：「徐氏拾遺所補各調各體之外，又得五十調，附爲補遺一卷，其體則不及備列矣。」〔註286〕是爲補徐本立《詞律拾遺》未收之詞，僅一卷，數量稀少，未錄賀鑄之作。

（六）王奕清《欽定詞譜》

　　《欽定詞譜》爲康熙帝命臣子王奕清所編，於詞譜序中有言：「間

〔註283〕清・徐本立輯：《詞律拾遺・凡例》，見錄於《續修四庫全書》，頁551。

〔註284〕《詞律》作〈厭金杯〉。

〔註285〕《詞律拾遺》作「園林幕翠」。

〔註286〕清・杜文瀾輯：《詞律補遺》（臺北：世界書局，1959年12月），頁587。

覽近代《嘯餘》、《詞統》、《詞匯》、《詞律》諸書，原本《尊前》、《花間》、《草堂》遺說，頗能發明，尚有未備。既命儒臣先輯《歷代詩餘》，欽加裁定；復命校勘《詞譜》一編，詳次調體，剖析異同，中分句讀，旁列平仄，一字一韻，務正傳訛。」〔註287〕康熙帝由於喜好文學，於各種文體均有興趣，因此欽命文臣編纂各文類的大型全集和選本，康熙四十六年（1707）編製《御選歷代詩餘》，康熙五十四年（1715）編製《欽定詞譜》。〔註288〕《欽定詞譜》一書收錄唐宋元詞調共 166 種，收異體 1126 種，可謂集詞譜之大成。按詞調字數多寡排序，每調選唐宋元詞一首，以原創者為正體。錄詞數居前三者為柳永、周邦彥、吳文英，皆是在創調功夫上不遺餘力者。是書收秦觀〈長相思慢〉（鐵甕城高）應為賀詞，總計收賀詞 33 闋，其中誤收蔡伸〈柳梢青〉（子規啼血）與無名氏〈馬家春慢〉（珠箔風輕）、〈梅香慢〉（高閣寒輕）、張孝祥〈眼兒媚〉（蕭蕭江上），且收秦觀〈長相思慢〉（鐵甕城高）應為賀詞，故實收賀詞 30 闋，為歷代詞譜中收錄最多賀詞者，詞作如〈雨中花令〉、〈驀山溪〉從未選錄於其它詞譜中，可見《欽定詞譜》大量且全面的收錄賀鑄之詞。詞譜凡例言：「每調選用唐宋元詞一首，必以創始之人所作本詞為正體」〔註289〕將正體列於前，其餘變體諸詞附於後。統計賀詞列為正體者，有〈天門謠〉（牛渚天門險）、〈小梅花〉〔註290〕（城下路）、〈獻金杯〉〔註291〕（風軟相遲）、〈青玉案〉（凌波不過）、〈兀令〉（盤馬樓前）、〈天香〉（煙絡橫林）、〈石州引〉（薄雨收寒）〔註292〕、〈望湘人〉（厭鶯聲到枕）、〈薄倖〉

〔註287〕清・王奕清等編：《欽定詞譜》（北京：學苑出版社，2008 年 6 月），頁 1。

〔註288〕參閱江合友：《明清詞譜史》（上海：上海古籍出版社，2008 年 5 月），頁 138。

〔註289〕清・王奕清等編：《欽定詞譜》（北京：學苑出版社，2008 年 6 月），頁 3。

〔註290〕《欽定詞譜》作〈梅花引〉。

〔註291〕《欽定詞譜》作「厭金杯」。

〔註292〕《欽定詞譜》作〈石州慢〉（薄雨催寒）。

（豔眞多態）〔註293〕、〈六州歌頭〉（少年俠氣），共計 10 闋。凡例言：「圖譜專主備體，非選詞也。」〔註294〕詞譜收詞主要以創調者爲主，重在詞調的創立，但能藉創調之功出現於詞譜中，也增加賀鑄詞的出現率。

（七）秦巘《詞繋》

收錄唐、五代、十國、前蜀、後蜀、南唐、後周、宋、金、元代共收 1029 調，2200 餘體，在收詞總數上超過《詞律》、《欽定詞譜》，可謂空前之大型詞譜。《詞繋》以時代爲次序，凸顯詞調的源流遞嬗，首列宮調，次考調名，次敘本事，次辨體裁，末附論述。《詞繋・凡例》近五千字，就內容而言可視爲一篇詞論。《詞繋・凡例》中批評《詞綜》、《自怡軒詞選》、《碎金詞譜》、《天籟軒詞譜》等書「講聲調者不稽格律，紀故實者或略宮商。各拘一格，未能兼備。」言萬樹《詞律》「援據不博，校讎不審」，然秦巘編《詞繋》在體制卻是仿效《詞律》的，由於認爲《詞律》有缺失，因此「以《詞律》爲藍本，於其缺者增之，訛者正之。」〔註295〕；而認爲《欽定詞譜》、《御選歷代詩餘》是「搜羅該洽，論斷詳明，實集詞家之大成也。」〔註296〕若秦巘認爲二書甚爲完美，又何須以《詞律》爲藍本重新編纂？可見他對此二書甚爲恭敬，不敢有微詞。《詞繋》選詞宗旨是「薈萃群書」，尊崇精本，旁引博徵；《詞繋・凡例》中也表明此書專考格律，對於詞之優劣則不暇品評。〔註297〕此外，秦巘評詞調之別名，是「致起

〔註293〕《欽定詞譜》作「淡妝多態」。
〔註294〕清・王奕清等編：《欽定詞譜》（北京：學苑出版社，2008 年 6 月），頁 4。
〔註295〕清・秦巘編：《詞繋》（北京：北京師範大學出版社，1996 年 9 月），頁 2。
〔註296〕清・秦巘編：《詞繋》（北京：北京師範大學出版社，1996 年 9 月），頁 1。
〔註297〕清・秦巘編：《詞繋》（北京：北京師範大學出版社，1996 年 9 月），頁 8。

炫異矜奇之弊，徒亂人目。」〔註298〕因此是以時代最早爲「原調」，之後調同字數不同者爲「又一體」。共計選錄賀鑄詞 9 闋，其中誤收〈馬家春慢〉（珠箔風輕）一闋作者不詳，收秦觀〈長相思慢〉（鐵甕城高）應爲賀鑄之作。

（八）葉申薌《天籟軒詞譜》

《天籟軒詞譜》，凡五卷，葉申薌編纂。歷代詞選多獨尊一家，明代《古今詞統》始兼收婉約與豪放之詞作，《天籟軒詞譜》則是上承《古今詞統》之詞學觀點，爲改進詞壇選詞的弊端，對宋元名家作品展開地毯式蒐羅，兼收並蓄的調和浙西詞派與常州詞派，將蘇辛與周柳並舉，展現兩宋詞學的全面風貌，也體現詞選合流之現象。其體制是「以字數多寡爲序，不分小令、中長調」〔註299〕其編詞緣由可見於《天籟軒詞譜・發凡》：「不諳音律而酷好填詞，自束髮受書即竊相摹擬，茲遠宦萬里，行篋無書，暇時輒取詞律，親爲編次，乃竟戛然成帙，雖未足爲枕中之秘，亦便於取攜耳。其以天籟名軒者，爲不諳音律故也。」〔註300〕可知編選是因己之喜好。是選以萬樹《詞律》爲參考底本，「去其俳俚缺訛諸調，輯成天籟軒詞譜。」〔註301〕，此外更「細加參校，補其缺落，訂其錯訛，仍依詞律原列調名，備增諸體爲詞逾千首。其詞律未列之調令及補遺一卷附後，亦不忘原書之意云爾。」〔註302〕是錄《詞律》之調名，並增補《詞律》未列之調。

〔註298〕清・秦巘編：《詞繫》（北京：北京師範大學出版社，1996 年 9 月），頁 5。

〔註299〕清・葉申薌輯：《天籟軒詞譜・發凡》，清道光間刊本，現藏於國家圖書館，頁 6。

〔註300〕清・葉申薌輯：《天籟軒詞譜・發凡》，清道光間刊本，現藏於國家圖書館，頁 7。

〔註301〕清・葉申薌輯：《天籟軒詞譜・跋》，清道光間刊本，現藏於國家圖書館，頁 69。

〔註302〕清・葉申薌輯：《天籟軒詞譜・跋》，清道光間刊本，現藏於國家圖書館，頁 69。

此外亦論及《詞律》之缺失在於「往往捨原詞而別收他作」〔註303〕
因此是編詳加考訂詞調，更正《詞律》所錄原詞。顧蒓《天籟軒詞選·
序》亦言是書「本萬紅友詞律而編調選詞，辨韻分句，則有詞律之精
覈，而無其拘有詞律之博綜，而刪其冗，誠藝苑之圭臬，而詞壇之矩
矱也。」〔註304〕葉申薌又綜覽各家選本，如《欽定詞譜》、《御選歷
代詩餘》暨《樂府雅詞》、《陽春白雪》、《花庵詞選》、《絕妙好辭》、《花
草粹編》等各名家詞諸書，「博采羣書，有調必收，即缺落錯訛者，
無不必刻茲譜。」〔註305〕是博采各家詞選並細加考訂編成。葉申薌
之選詞標準於《天籟軒詞譜·發凡》提及：「擇其音調和雅且無錯落
者方收，如黃山谷鼓笛令之俳體等調概不敢錄。」〔註306〕可知所選
係音調和諧之詞，且在選詞下有所標記，「分句處以單圈記之，以別
於用韻之重圈也。」〔註307〕

　　是書收錄詞人 89 家，詞作 1414 闋。收賀詞 23 首，誤收無名
氏〈梅香慢〉（高閣寒輕）、〈馬家春慢〉（珠箔風輕）兩闋。選錄詞
目包含《詞律》所收〈太平時〉（蜀錦塵香）、〈石州引〉（薄雨收寒）
兩首，另增添賀詞 21 首，收詞數遠超出萬樹《詞律》。「名目其同
是一調而字數參差者，自應先列首製原詞，再依序分列各體。」〔註
308〕賀詞之作被列爲原詞者共計 13 首，佔收錄賀詞數之半數。而
列爲「又一體」者，包含萬樹《詞律》所收的〈青玉案〉（凌波不

〔註303〕清·葉申鄉輯：《天籟軒詞譜·發凡》，清道光間刊本，現藏於國家
　　　　圖書館，頁7。
〔註304〕清·顧蒓：〈天籟軒詞選序〉，見錄於清·葉申鄉輯：《天籟軒詞譜》，
　　　　清道光間刊本，現藏於國家圖書館，頁6。
〔註305〕清·葉申鄉輯：《天籟軒詞譜·發凡》，清道光間刊本，現藏於國家
　　　　圖書館，頁6。
〔註306〕清·葉申鄉輯：《天籟軒詞譜·發凡》，清道光間刊本，現藏於國家
　　　　圖書館，頁6～7。
〔註307〕清·葉申鄉輯：《天籟軒詞譜·發凡》，清道光間刊本，現藏於國家
　　　　圖書館，頁8。
〔註308〕清·葉申鄉輯：《天籟軒詞譜·發凡》，清道光間刊本，現藏於國家
　　　　圖書館，頁6。

過），《詞律》以史達祖（惠花老盡）爲首製原詞；然《天籟軒詞選》則以張炎詞（萬紅梅裏幽深處）爲原詞。此外尚有〈謁金門〉（楊花落），以馮延巳（風乍起）爲原詞；〈憶秦娥〉（曉朦朧）以李白（簫聲咽）爲原詞；〈小梅花〉〔註309〕（縛虎手）以王特起（丹楓下）爲原詞；〈七娘子〉（京江抵海）以蔡伸（天涯觸目）爲原詞；〈感皇恩〉（蘭芷）以趙長卿（景物一番新）爲原詞；〈金人捧露盤〉（控滄江）以曾覿（記神京）爲原詞；〈水調歌頭〉（南國）以劉過（春是能幾許）爲原詞；〈天香〉（煙絡橫林）以王觀（霜瓦鴛鴦）爲原詞；〈沁園春〉（宮燭分煙）〔註310〕以蘇軾（孤館燈青）爲原詞。是書收錄的賀詞數，比之清代其它詞譜位居第二，僅次於《欽定詞譜》，且收賀詞量佔全書排名第四，收賀鑄原創詞調也較萬樹《詞律》多出十於首，可見對賀詞創調之肯定。

（九）舒夢蘭《白香詞譜》

《白香詞譜》不分卷，舒夢蘭編，是書收唐代至清代詞家 59人，選詞百首。遴選精審，收錄者皆是各調代表之作。以字數多寡爲序排列，於詞牌下標明詞題，多爲編者所加。圖式以白圈表平聲，黑圈表仄聲。其體例上先「題考」，即考定詞調調名之來源。二言「作者」，是對於詞家之論述，包括別號與集名，末引他家評贊之語，以見詞人於詞界上之地位。三書「作法」，沿用《詩餘圖譜》之法，以白黑圈表平仄，半白黑圈表可平可仄；此外更逐句詳注句法和平仄通假，使學者能會通其變。末標「注釋」，供學者明詞義外，更於填詞時使典用事之助。是書僅收賀鑄 2 闋詞，包括分類爲「春暮」的〈青玉案〉（凌波不過）與分類爲「春情」的〈薄倖〉（豔眞多態）〔註311〕。

〔註309〕　《天籟軒詞譜》作〈梅花引〉。
〔註310〕　《天籟軒詞譜》作「宮燭分烟」。
〔註311〕　《白香詞譜》作「淡妝多態」。

三、清編音樂譜詞選對賀詞之接受概況

　　清代出現特殊之詞譜，是爲音樂譜與曲譜之形式編纂，清代共計有三部，表 2－8 爲詞譜之編選情況與收賀詞數之排名，以下依序探析各選本之審美觀念與收賀詞之情況。

表 2－8：清編「音樂譜與曲譜」詞選收賀鑄詞之情況

收賀詞數排名	詞選名	編者	卷數	編選年代	賀詞數量
1	碎金詞譜〔註 312〕	謝元淮	14 卷	唐代至清代	9
2	新定九宮大成南北詞宮譜〔註 313〕	周祥鈺	82 卷	唐代至清代	2
3	碎金續譜〔註 314〕	謝元淮	6 卷	唐代至清代	0

（一）周祥鈺等《新定九宮大成南北詞宮譜》

　　《新定九宮大成南北詞宮譜》，凡八十二卷，爲官修曲譜，周祥鈺、鄒金生等編。是書收錄唐詩、宋詞、金元諸宮調、南戲、北雜劇、明清傳奇、散曲、宮廷燕樂樂譜等多種體裁，爲一部集古代音樂之大成的鉅作。此書依宮調分類，將所收入的歷代音樂資產分別編於 25 個宮調中。於振〈序〉中言：「從來讀書稽古之士，分平仄者十得八九，辨陰陽者十無二三，無怪乎音律之學愈微而愈晦也。」〔註 315〕此書編纂便是爲提正音律之學的式微，是故「溯聲律之源，極宮調之變，正沿襲之謬，匯南北之全。」〔註 316〕周祥鈺等人「乃於三極九

〔註 312〕　清·謝元淮：《碎金詞譜》，卷 14，見錄於《續修四庫全書》，集部，冊 1737，頁 1～314。

〔註 313〕　清·周祥鈺等輯、劉崇德校譯：《新定九宮大成南北詞宮譜校譯》（天津：天津古籍出版社，1998 年 7 月），冊 1～6。

〔註 314〕　清·謝元淮：《碎金續譜》，卷 14，見錄於《續修四庫全書》，集部，冊 1737，頁 315～576。

〔註 315〕　清·周祥鈺等輯、劉崇德校譯：《新定九宮大成南北詞宮譜校譯·序》（天津：天津古籍出版社，1998 年 7 月），冊 6，頁 4997。

〔註 316〕　清·周祥鈺等輯、劉崇德校譯：《新定九宮大成南北詞宮譜校譯·序》（天津：天津古籍出版社，1998 年 7 月），冊 6，頁 4997。

變之節，略窺奧突，博戈群編，分宮別調，缺者補之，失者正之，參酌損益，務極精詳。」〔註317〕是知本書廣採博收南北宮調，並加以校勘，而成爲匯聚南北曲的大型曲譜集。是書雖名曰九宮，實際上仍按十三宮調列譜，並與十二月相互對應銜接，以呈顯「聲音意象與四序相合」之理論。〔註318〕全書收賀詞凡2闋，卷五收〈臨江仙〉（巧翦合歡），爲北詞，仙呂調隻曲，譜下注：「《碎金詞譜》標爲正宮調，即G調」；〔註319〕卷四十三收〈更漏子〉（上東門），爲南詞，高大石調正曲，譜下注：「《碎金詞譜》標爲凡字調，即降E調」。〔註320〕

（二）謝元淮《碎金詞譜》、《碎金續譜》

謝元淮（1784～1884），字鈞緒，號默卿（一作墨卿），湖北松滋人，編纂《碎金詞譜》十四卷、《碎金續譜》六卷、詞韻四卷，是繼《九宮大成南北詞宮譜》之後蒐羅詞調音樂較廣、樂譜較全的一部樂譜。〈碎金詞譜自序〉言：

> 六義者，詩之本也；六律者，樂之源也。自三百篇一變而爲古詩樂府又遞變而爲近體詞曲，今之詞曲，即古之樂府，若誦其辭而不能歌其聲可乎？歌之而不能協於絲竹，則必考究宮商，輾轉以求其協，非有一定之譜，何所適從耶！〔註321〕

此序論及作詞譜之因在於「考究宮商」，使填譜有法可循。此書以宮調統合詞牌，凡六宮十八調。謝元淮主張以昆腔歌詞，特重工尺板眼，

〔註317〕清‧周祥鈺等輯、劉崇德校譯：《新定九宮大成南北詞宮譜校譯‧序》（天津：天津古籍出版社，1998年7月），冊6，頁4998。

〔註318〕參閱江合友：《明清詞譜史》（上海：上海古籍出版社，2008年5月），頁313。

〔註319〕清‧周祥鈺等輯、劉崇德校譯：《新定九宮大成南北詞宮譜校譯》（天津：天津古籍出版社，1998年7月），冊1，頁459。

〔註320〕清‧周祥鈺等輯、劉崇德校譯：《新定九宮大成南北詞宮譜校譯》（天津：天津古籍出版社，1998年7月），冊4，頁2459。

〔註321〕清‧謝元淮撰：《碎金詞譜》，見錄於《續修四庫全書》，集部，冊1737，頁6。

是採用《新定九宮大成南北詞宮譜》之工尺譜，更標明四聲句韻，供
填詞者有所依從。〔註 322〕自序中亦言：「嘗讀《南北九宮曲譜》，見
有唐宋元人詩餘一百七十餘闋，雜隸各宮調下。」〔註 323〕此部詞譜
是抄錄《九宮大成南北詞宮譜》中一部分的樂譜，此外更大量收集流
傳民間的唐宋詞調樂譜。

　　此選收錄題爲賀鑄有 9 闋詞，誤收張孝祥〈眼兒媚〉（蕭蕭江上），
錄秦觀〈長相思慢〉（鐵甕城高）爲賀詞。卷二收「北仙呂調」的賀
詞有〈臨江仙〉（巧翦合歡）、〈六么令〉（暮雲）兩首；〈臨江仙〉爲
「正宮調」隻曲，列爲「又一體」，是以歐陽脩（柳外輕陰）爲原詞；
〈六么令〉僅收賀鑄一詞，爲「六字調」的隻曲。卷三收〈青玉案〉
（凌波不過），屬「南中呂宮」，爲「六字調」的引子。卷六錄「南越
調」之賀詞有〈小梅花〉〔註 324〕（城下路）、〈石州引〉（薄雨收寒）
〔註 325〕兩首，皆爲「小工調」正曲。卷九收〈更漏子〉（上東門），
爲「南宮大石調」的正曲。卷十收〈薄倖〉（豔眞多態）〔註 326〕，屬
「南南呂宮」，爲「六字調」，又注曰：「引子加板作正曲」；〈感皇恩〉
（蘭芷）屬「北南呂調」，爲「六字調」隻曲。元・周德清《中原音
韻》曾對上述所載之宮調聲情作仔細的區分：「仙呂調清新綿邈」、「中
呂宮高下閃賺」、「越調陶寫冷笑」、「大石風流蘊藉」、「南呂宮感嘆傷
悲」。〔註 327〕又〈凡例〉云：「近代用工尺等字以名聲調」，共有七調，
「乙調最高，上調最低，工調適中，今之度曲者，皆工字調。」又謂：
「曲音過衰，則用凡字調或六字調。」宮調、工尺相互配合，使詞作

〔註 322〕參閱江合友：《明清詞譜史》（上海：上海古籍出版社，2008 年 5 月），
　　　　頁 325。
〔註 323〕清・謝元淮撰：《碎金詞譜》，見錄於《續修四庫全書》，集部，冊
　　　　1737，頁 6。
〔註 324〕《碎金詞譜》作〈梅花引〉。
〔註 325〕《碎金詞譜》作〈石州慢〉（薄雨初寒）。
〔註 326〕《碎金詞譜》作「淡妝多態」。
〔註 327〕元・周德清：《中原音韻》（臺北：藝文印書館，1972 年 6 月），頁
　　　　110。

不再僅是案頭文章，而是富有音樂性的立體藝術。《碎金詞譜》除選錄《九宮大成南北詞宮譜》已收〈臨江仙〉（巧翦合歡）、〈更漏子〉（上東門）兩闋，更增添六首，是擴大收詞範圍；《碎金續譜》則不再收錄賀詞。

　　清代詞選與詞譜出現賀詞次數之排名見於表 2-9，將詞選與詞譜收錄情形作比較可得知，兩者收賀鑄之詞位居前列者完全相同，依序爲〈青玉案〉（凌波不過）、〈薄倖〉（豔眞多態）、〈望湘人〉（厭鶯聲到枕）、〈石州引〉（薄雨收寒）、〈感皇恩〉（蘭芷），可肯定上述詞作兼具藝術內容與格律創調之美。詞譜未收詞如〈浣溪沙〉（樓角初銷）、〈清平樂〉（小桃初謝）、〈踏莎行〉（急雨收春），於詞選中卻是名列前茅；又詞譜中收賀詞位居前列者，於詞選中收錄的情況，卻不如詞譜亮眼，甚至如〈六州歌頭〉（少年俠氣）、〈六么令〉（暮雲消散）、〈雨中花〉（清滑京江）等詞作均未見於詞選中；幸具創調之功，因此能見收於選本中，增加賀詞之出現率。下表 2-10 爲清編詞選、詞譜收賀鑄詞之一覽表，由於篇幅所限，不列出未收賀詞之詞選如《宋七家詞選》、《詞辨》、《宋六十一家詞選》、《碎金續譜》，表格中僅呈現收錄賀詞之詞選收詞情況，就統整表格中可看出清代詞家對賀鑄各闋詞之喜好與排序。

表2-9：清編詞選與詞譜中賀詞出現次數之排名

賀詞出現次數排名	清編詞選		清編詞譜	
1	青玉案・凌波		青玉案・凌波	
2	薄倖・豔眞		薄倖・豔眞	
3	望湘人・厭鶯		望湘人・厭鶯	
4	石州引・薄雨		石州引・薄雨	
5	感皇恩・蘭芷	浣溪沙・樓角	感皇恩・蘭芷	臨江仙・巧翦
			獻金杯・風軟	兀令・盤馬

賀詞出現次數排名	清編詞選		清編詞譜	
6	清平樂·小桃	踏莎行·急雨	小梅花·縛虎手	天門謠·牛渚
			太平時·蜀錦	水調歌頭·南國
			萬年歡·淑質	更漏子·上東門
			金人捧露盤·控滄江	六州歌頭·少年
7	臨江仙·巧翦		憶秦娥·曉朦朧	天香·煙絡
			六么令·暮雲	小梅花·城下路
			聲聲慢·園林	下水船·芳草
			迎春樂·雲鮮	沁園春·宮燭

表2－10：清編詞選收賀鑄詞作一覽表

清代詞選詞譜＼收錄詞作	清編詞選													清編詞譜												總計
	浙西詞派					常州詞派						無分詞派		格律譜										音樂譜、曲譜		
	朱彝尊	先著、程洪	沈時棟	夏秉衡	許寶善	張惠言	董毅	黃蘇	陳廷焯	周濟	朱祖謀	王奕清等	梁令嫻	王闓運	吳綺	賴以邠	郭鞏	萬樹	徐本立	王奕清	秦巘	葉申薌	舒夢蘭	周祥鈺	謝元淮	
	詞綜	詞潔	古今詞選	歷朝名人詞選	自怡軒詞選	詞選	續詞選	蓼園詞選	詞則	宋四家詞選	宋詞三百首	御選歷代詩餘	藝蘅館詞選	湘綺樓詞選	選聲集	填詞圖譜	詩餘譜式	詞律	詞律拾遺	欽定詞譜	詞繫	天籟軒詞譜	白香詞譜	新定九宮大成序	碎金詞譜	計
青玉案·凌波	√	√		√	√	√	√	√	√	√	√	√		√	√	√	√	√	√	√		√			√	20
薄倖·豔眞	√	√		√			√	√		√	√	√		√		√		√	√	√	√	√			√	16

清代詞選詞譜 / 收錄詞作	浙西詞派 詞綜	浙西詞派 詞潔	浙西詞派 古今詞選	浙西詞派 歷朝名人詞選	浙西詞派 自怡軒詞選	常州詞派 詞選	常州詞派 續詞選	常州詞派 蓼園詞選	常州詞派 詞則	常州詞派 宋四家詞選	常州詞派 宋詞三百首	無分詞派 御選歷代詩餘	無分詞派 藝蘅館詞選	無分詞派 湘綺樓詞選	格律譜 選聲集	格律譜 填詞圖譜	格律譜 詩餘譜式	格律譜 詞律	格律譜 詞律拾遺	格律譜 欽定詞譜	格律譜 詞繫	格律譜 天籟軒詞譜	音樂譜、曲譜 白香詞譜	音樂譜、曲譜 新定九宮大成序	音樂譜、曲譜 碎金詞譜	總計
朱彝尊	先著、程洪	沈時棟	夏秉衡	許寶善	張惠言	董毅	黃蘇	陳廷焯	周濟	朱祖謀等	王奕清等	梁令嫻	王闓運	吳綺	賴以邠	郭鞏	萬樹	徐本立	王奕清	秦巘	葉申薌	舒夢蘭	周祥鈺	謝元淮	
望湘人·厭鶯	√	√			√	√	√	√	√	√		√			√	√			√	√	√					14
石州引·薄雨	√				√	√	√	√	√	√		√						√		√	√				√	12
感皇恩·蘭芷	√					√		√	√	√		√						√		√	√	√				10
臨江仙·巧剪		√	√			√						√				√				√			√	√		8
小梅花·縛虎手		√								√									√	√	√	√				6
浣溪沙·樓角	√	√		√	√	√					√															6
清平樂·小桃	√	√						√	√			√														5
踏莎行·急雨	√	√			√				√		√															5
憶秦娥·曉朦朧	√							√				√								√		√				5
天門謠·牛渚											√	√								√	√	√				5
太平時·蜀錦			√	√												√			√			√				5

收錄詞作 ＼ 清代詞選詞譜	清編詞選〔浙西詞派〕朱彝尊·詞綜	先著、程洪·詞潔	沈時棟·古今詞選	夏秉衡·歷朝名人詞選	許寶善·自怡軒詞選	〔常州詞派〕張惠言·詞選	董毅·續詞選	黃蘇·蓼園詞選	陳廷焯·詞則	周濟·宋四家詞選	〔無分詞派〕朱祖謀·宋詞三百首	王奕清等·御選歷代詩餘	梁令嫻·藝蘅館詞選	王闓運·湘綺樓詞選	清編詞譜〔格律譜〕吳綺·選聲集	賴以邠·填詞圖譜	郭鞏·詞律圖譜式	萬樹·詞律	徐本立·詞律拾遺	王奕清·欽定詞譜	秦巘·詞繫	葉申薌·天籟軒詞譜	舒夢蘭·白香詞譜	〔音樂譜、曲譜〕周祥鈺·新定九宮大成序	謝元淮·碎金詞譜	總計
獻金杯·風軟												√						√	√	√	√					5
兀令·盤馬												√						√	√	√	√					5
天香·煙絡											√	√								√	√					4
水調歌頭·南國												√							√	√	√					4
萬年歡·淑質												√						√		√	√					4
更漏子·上東門												√								√			√	√		4
金人捧露盤·控滄江												√						√		√	√					4
瑞鷓鴣·月痕			√						√			√								√						4
長相思慢·鐵甕												▲								▲	▲				▲	4
小梅花·城下路	▲											▲								√					√	4

清代詞選詞譜＼收錄詞作	清編詞選														清編詞譜											總計
	浙西詞派				常州詞派					無分詞派					格律譜							音樂譜、曲譜				計
收錄詞作	朱彝尊／詞綜	先著、程洪／詞潔	沈時棟／古今詞選	夏秉衡／歷朝名人詞選	許寶善／自怡軒詞選	張惠言／詞選	董毅／續詞選	黃蘇／蓼園詞選	陳廷焯／詞則	周濟／宋四家詞選	朱祖謀／宋詞三百首	王奕清等／御選歷代詩餘	梁令嫻／藝蘅館詞選	王闓運／湘綺樓詞選	吳綺／選聲集	賴以邠／填詞圖譜	郭鞏／詩餘譜式	萬樹／詞律	徐本立／詞律拾遺	王奕清／欽定詞譜	秦巘／詞繫	葉申薌／天籟軒詞譜	舒夢蘭／白香詞譜	周祥鈺／新定九宮大成序	謝元淮／碎金詞譜	
謁金門·楊花落	▲											▲						▲			√					4
浣溪沙·開把	√								√			√														3
聲聲慢·園林												√								√	√					3
下水船·芳草												√								√		√				3
迎春樂·雲鮮												√								√		√				3
沁園春·宮燭												√								√		√				3
六州歌頭·少年																				√	√	√				3
如夢令·蓮葉	√								√			√														3
憶秦娥·著春衫	√								√			√														3
夜游宮·湖上												√								√						2
迎春樂·逢迎												√								√						2

清代詞選詞譜 \ 收錄詞作	清編詞選														清編詞譜											總計
	浙西詞派					常州詞派					無分詞派				格律譜									音樂譜、曲譜		
	朱彝尊	先著、程洪	沈時棟	夏秉衡	許寶善	張惠言	董毅	黃蘇	陳廷焯	周濟	朱祖謀	王奕清等	梁令嫻	王闓運	吳綺	賴以邠	郭鞏	萬樹	徐本立	王奕清	秦巘	葉申薌	舒夢蘭	周祥鈺	謝元淮	
	詞綜	詞潔	古今詞選	歷朝名人詞選	自怡軒詞選	詞選	續詞選	蓼園詞選	詞則	宋四家詞選	宋詞三百首	御選歷代詩餘	藝蘅館詞選	湘綺樓詞選	選聲集	填詞圖譜	詩餘譜式	詞律	詞律拾遺	欽定詞譜	詞繫	天籟軒詞譜	白香詞譜	新定九宮大成序	碎金詞譜	
驀山溪·楚鄉												√								√						2
尉遲杯·勝游地												√								√						2
七娘子·京江												√										√				2
風流子·何處												√								√						2
鶴沖天·鬵鬵												√										√				2
南歌子·斗酒			√									√														2
燭影搖紅·波影									√			√														2
惜分飛·皎鏡									√			√														2
太平時·秋盡		√										√														2
浣溪沙·秋水									√			√														2
浣溪沙·煙柳									√			√														2

清代詞選詞譜 ＼ 收錄詞作	清編詞選														清編詞譜											總
	浙西詞派					常州詞派						無分詞派			格律譜									音樂譜、曲譜		
	朱彝尊	先著、程洪	沈時棟	夏秉衡	許寶善	張惠言	董毅	黃蘇	陳廷焯	周濟	朱祖謀	王奕清等	梁令嫻	王闓運	吳綺	賴以邠	郭鞏	萬樹	徐本立	王奕清	秦巘	葉申薌	舒夢蘭	周祥鈺	謝元淮	
	詞綜	詞潔	古今詞選	歷朝名人詞選	自怡軒詞選	詞選	續詞選	蓼園詞選	詞則	宋四家詞選	宋詞三百首	御選歷代詩餘	藝蘅館詞選	湘綺樓詞選	選聲集	填詞圖譜	詩餘譜式	詞律	詞律拾遺	欽定詞譜	詞繫	天籟軒詞譜	白香詞譜	新定九宮大成序	碎金詞譜	計
踏莎行·鏡暈	√											√														2
攤破浣溪沙·錦韉			√									√														2
踏莎行·楊柳									√			√														2
菩薩蠻·厭厭									√			√														2
好女兒·車馬									√			√														2
好女兒·綺繡												√										√				2
六么令·暮雲																				√					√	2
雨中花·清滑																				√						1
迎春樂·瓊瓊												√														1
浣溪沙·不信											√															1

表頭結構：
- 清代詞選詞譜
  - 清編詞選
    - 浙西詞派：朱彝尊（詞綜）、先著、程洪（詞潔）、沈時棟（古今詞選）、夏秉衡（歷朝名人詞選）、許寶善（自怡軒詞選）
    - 常州詞派：張惠言（詞選）、董毅（續詞選）、黃蘇（蓼園詞選）、陳廷焯（詞則）、周濟（宋四家詞選）、朱祖謀（宋詞三百首）
    - 無分詞派：王奕清等（御選歷代詩餘）、梁令嫻（藝蘅館詞選）、王闓運（湘綺樓詞選）
  - 清編詞譜
    - 格律譜：吳綺（選聲集）、賴以邠（填詞圖譜）、郭麔（詞律式）、萬樹（詞律）、徐本立（詞律拾遺）、王奕清（欽定詞譜）、秦巘（詞繫）、葉申薌（天籟軒詞譜）、舒夢蘭（白香詞譜）
    - 音樂譜、曲譜：周祥鈺（新定九宮大成序）、謝元淮（碎金詞譜）
  - 總計

收錄詞作	周濟·宋四家詞選	朱祖謀·宋詞三百首	王奕清等·御選歷代詩餘	總計
蝶戀花·幾許		√		1
更漏子·繡羅垂			√	1
更漏子·付金釵			√	1
更漏子·酒三行			√	1
浣溪沙·夢想	√			1
浣溪沙·鸚鵡驚人			√	1
浣溪沙·宮錦			√	1
浣溪沙·鸚鵡無言	√			1
清平樂·陰晴	√			1
浣溪沙·金斗			√	1

（其餘各欄——朱彝尊詞綜、先著程洪詞潔、沈時棟古今詞選、夏秉衡歷朝名人詞選、許寶善自怡軒詞選、張惠言詞選、董毅續詞選、黃蘇蓼園詞選、陳廷焯詞則、梁令嫻藝蘅館詞選、王闓運湘綺樓詞選、吳綺選聲集、賴以邠填詞圖譜、郭麔詞律式、萬樹詞律、徐本立詞律拾遺、王奕清欽定詞譜、秦巘詞繫、葉申薌天籟軒詞譜、舒夢蘭白香詞譜、周祥鈺新定九宮大成序、謝元淮碎金詞譜——於上列各詞作均為空白。）

清代詞選詞譜 ＼ 收錄詞作	清編詞選													清編詞譜												總計
	浙西詞派					常州詞派					無分詞派			格律譜									音樂譜、曲譜			
	朱彝尊	先著、程洪	沈時棟	夏秉衡	許寶善	張惠言	董毅	黃蘇	陳廷焯	周濟	朱祖謀	王奕清等	梁令嫻	王闓運	吳綺	賴以邠	郭𪪩	萬樹	徐本立	王奕清	秦巘	葉申薌	舒夢蘭	周祥鈺	謝元淮	計
	詞綜	詞潔	古今詞選	歷朝名人詞選	自怡軒詞選	詞選	續詞選	蓼園詞選	詞則	宋四家詞選	宋詞三百首	御選歷代詩餘	藝蘅館詞選	湘綺樓詞選	選聲集	填詞圖譜	詩餘譜式	詞律	詞律拾遺	欽定詞譜	詞繫	天籟軒詞譜	白香詞譜	新定九宮大成序	碎金詞譜	
浣溪沙·落日												√														1
浣溪沙·舊說												√														1
浣溪沙·雲母	√																									1
浣溪沙·蓮燭	√																									1
浣溪沙·清淺									√																	1
浣溪沙·鼓動												√														1
南唐浣溪沙·節物												√														1
南唐浣溪沙·雙鳳												√														1
越江吟·瓊鈎												√（註328）														1

〔註328〕《御選歷代詩餘》作〈瑤池燕〉。

清代詞選詞譜＼收錄詞作	清編詞選（浙西詞派）朱彝尊・詞綜	先著、程洪・詞潔	沈時棟・古今詞選	夏秉衡・歷朝名人詞選	許寶善・自怡軒詞選	清編詞選（常州詞派）張惠言・詞選	董毅・續詞選	黃蘇・蓼園詞選	陳廷焯・詞則	周濟・宋四家詞選	清編詞選（無分詞派）朱祖謀・宋詞三百首	王奕清等・御選歷代詩餘	清編詞譜（格律譜）梁令嫻・藝蘅館詞選	王闓運・湘綺樓詞選	吳綺・選聲集	賴以邠・填詞圖譜	郭鞏・詩餘圖譜式	萬樹・詞律	徐本立・詞律拾遺	王奕清・欽定詞譜	秦巘・詞繫	葉申薌・天籟軒詞譜	音樂譜、曲譜 舒夢蘭・白香詞譜	周祥鈺・新定九宮大成序	謝元淮・碎金詞譜	總計
太平時・風緊												√														1
太平時・九曲												√														1
鷗鷓天・重過										√																1
多麗・玉人家											√															1
一落索・初見												√														1
南歌子・疏雨												√														1
南歌子・境跨												√														1
浪淘沙令・一夜												√														1
鷗鷓天・豆蔻												√														1
鷗鷓天・怊悵												√														1
鷗鷓天・紫府												√														1

清代詞選詞譜＼收錄詞作	清編詞選												清編詞譜													總計
	浙西詞派					常州詞派					無分詞派		格律譜										音樂譜、曲譜			
	朱彝尊	先著、程洪	沈時棟	夏秉衡	許寶善	張惠言	董毅	黃蘇	陳廷焯	周濟	朱祖謀	王奕清等	梁令嫻	王闓運	吳綺	賴以邠	郭鞏	萬樹	徐本立	王奕清	秦巘	葉申薌	舒夢蘭	周祥鈺	謝元淮	
	詞綜	詞潔	古今詞選	歷朝名人詞選	自怡軒詞選	詞選	續詞選	蓼園詞選	詞則	宋四家詞選	宋詞三百首	御選歷代詩餘	藝蘅館詞選	湘綺樓詞選	選聲集	填詞圖譜	詩餘譜式	詞律	詞律拾遺	欽定詞譜	詞繫	天籟軒詞譜	白香詞譜	新定九宮大成序	碎金詞譜	計
玉樓春·秦絃												√														1
玉樓春·張燈												√														1
玉樓春·清琴												√														1
玉樓春·佩環												√														1
玉樓春·銀簧												√														1
小重山·夢草												√														1
小重山·花院												√														1
小重山·飄徑												√														1
踏莎行·淺黛												√														1
踏莎行·涼葉												√														1
蝶戀花·桃葉												√														1

清代詞選詞譜 ＼ 收錄詞作	清編詞選 — 浙西詞派 朱彝尊《詞綜》	先著、程洪《詞潔》	沈時棟《古今詞選》	夏秉衡《歷朝名人詞選》	許寶善《自怡軒詞選》	張惠言《詞選》	常州詞派 董毅《續詞選》	黃蘇《蓼園詞選》	陳廷焯《詞則》	周濟《宋四家詞選》	朱祖謀《宋詞三百首》	無分詞派 王奕清等《御選歷代詩餘》	梁令嫻《藝蘅館詞選》	清編詞譜 — 格律譜 王闓運《湘綺樓詞選》	吳綺《選聲集》	賴以邠《填詞圖譜》	郭鞏《詩餘譜式》	萬樹《詞律》	徐本立《詞律拾遺》	王奕清《欽定詞譜》	秦巘《詞繫》	葉爀《天籟軒詞譜》	舒夢蘭《白香詞譜》	音樂譜、曲譜 周祥鈺《新定九宮大成序》	謝元淮《碎金詞譜》	總計
蝶戀花·排辦												√														1
蝶戀花·睡鴨												√														1
蝶戀花·小院												√														1
好女兒·才色												√														1
江城子·麝薰												√														1
滿江紅·山繞												√														1
六么令·夢雲												√														1
風流子·新綠												√														1
梅香慢·高閣												◎								◎	◎		◎			4
馬家春慢·珠箔												◎								◎	◎		◎			4
柳梢青·子規								◎								◎				◎						3

清代詞選詞譜	清編詞選												清編詞譜													總計
	浙西詞派					常州詞派					無分詞派		格律譜										音樂譜、曲譜			
	朱彝尊	先著、程洪	沈時棟	夏秉衡	許寶善	張惠言	董毅	黃蘇	陳廷焯	周濟	朱祖謀	王奕清等	梁令嫻	王闓運	吳綺	賴以邠	郭鞏	萬樹	徐本立	王奕清	秦巘	葉申薌	舒夢蘭	周祥鈺	謝元淮	
收錄詞作	詞綜	詞潔	古今詞選	歷朝名人詞選	自怡軒詞選	詞選	續詞選	蓼園詞選	詞則	宋四家詞選	宋詞三百首	御選歷代詩餘	藝蘅館詞選	湘綺樓詞選	選聲集	填詞圖譜	詩餘譜式	詞律	詞律拾遺	欽定詞譜	詞繫	天籟軒詞譜	白香詞譜	新定九宮大成序	碎金詞譜	計
眼兒媚·蕭蕭												◎								◎					◎	3
點絳唇·紅杏												◎														1
收錄賀詞數總計	11	14	4	4	4	1	1	4	25	7	11	89	5	1	3	4	3	1	10	30	9	23	2	2	9	

√表詞選收錄賀鑄之詞

▲表賀詞誤入他人之作

◎表他人之作誤入賀詞

小 結

綜觀歷代詞選與詞譜收錄賀鑄之詞的期待視野與接受情形，可歸納四項要點分述如下：

一、賀詞〈浣溪沙〉（樓角初銷）之字句辨析

歷代詞選中收〈浣溪沙〉（樓角初銷）一闋，「樓角」二字亦有作「鶩外」者，統整於於下表：

表2－11：歷代詞選錄賀鑄〈浣溪沙〉首二字異同表

詞句	宋代詞選	明代詞選	清代詞選
樓角	《樂府雅詞》、《唐宋諸賢絕妙詞選》	《花草粹編》、《天機餘錦》	《詞潔》、《歷代詩餘》
鶩外		《詞的》、《古今詩餘醉》	《古今詞選》
墻角			《自怡軒詞選》

　　明‧楊慎（1488～1559）《詞品》曰：「此詞句句綺麗，字字清新，當時賞之，以為花間、蘭畹不及，信然。近見玉林詞選，首句二字作樓角，非也。樓角與鶩外，相去何啻天壤。」〔註329〕可見楊氏欣賞賀鑄此詞之綺麗、清新，並評斷《玉林詞選》之誤，宋人黃昇，號玉林，故所輯《唐宋諸賢絕妙詞選》又名《玉林詞選》，楊慎主張詞句應作「鶩外」，而非「樓角」，並認為二者之美感是天壤之別。明‧徐士俊《古今詞統》亦曰：「鶩外或作樓角，相去天壤。」〔註330〕清‧賀裳《皺水軒詞荃》言：「賀方回『鶩外紅綃一縷霞』，俊句也，實從子安脫胎，固是慧賊。」〔註331〕清‧馮金伯《詞苑萃編‧辨證》引明‧楊慎《丹鉛續錄》亦言賀鑄此句「本王子安滕王閣賦，此子可云善盜。」〔註332〕文中提及賀鑄此一詞句脫胎自王勃〈秋日登洪府滕王閣餞別序〉，但並未指明出自何詩句，推測應為「落霞與孤鶩齊飛」〔註333〕一句，此為千古名句，寫染紅的彩霞與獨飛的鶩鳥相融於天

〔註329〕　明‧楊慎撰：《詞品》，卷4，見錄於唐圭璋編：《詞話叢編》，冊1，頁483。

〔註330〕　明‧徐士俊：《古今詞統》，卷4，見錄於張璋、職承讓等編：《歷代詞話》（鄭州：大象出版社，2002年3月），頁390。

〔註331〕　清‧賀裳撰：《皺水軒詞荃》，見錄於唐圭璋編：《詞話叢編》，冊1，頁713。

〔註332〕　清‧馮金伯撰：《詞苑萃編‧辨證》，卷21，見錄於唐圭璋編：《詞話叢編》，冊3，頁2202。

〔註333〕　唐‧王勃：〈秋日登洪府滕王閣餞別序〉，見於清‧董誥等編：《欽定全唐文》（臺北：文友書局，1972年），卷181，頁2328。

際，將一動一靜之物象玩美結合，呈現一幅明暗交錯、色彩變幻的晚霞景致，「鷺外紅綃一縷霞」一句，正是描寫鷺鳥與彩霞相交的萬千氣象。徐士俊、賀裳、馮金伯等人之評應是因循楊慎之論；然觀宋代詞選皆作「樓角」，「樓角初銷一縷霞」描繪向晚時分之景，一縷晚霞自高樓簷外之一角逐漸消逸，寫來柔美清麗，別具一番高雅風味。

二、歷代選本中誤收賀詞之現象與探析

宋代詞選中，賀鑄詞已出現誤收之現象，明代此現象更為顯著，最常見之誤收詞作為蔡伸〈柳梢青〉（子規啼血），歷代共有十部選本誤收；其次為蘇軾〈點絳脣〉（紅杏飄香），計有七部選本誤收；張孝祥〈眼兒媚〉（蕭蕭江上荻花秋）、無名氏〈梅香慢〉（高閣寒輕）、〈馬家春慢〉（珠箔風輕）皆有五部詞選誤收；其它諸如黃庭堅〈千秋歲〉（世間好事）、陳克〈謁金門〉（花滿院）、無名氏〈憶秦娥〉（暮雲碧）皆曾於詞選中誤題為賀鑄之詞。清代詞學興盛，考據嚴謹，誤收現象雖相較於明代之選本，誤選率有稍微降低的趨向，但清編詞選中誤收他人之作入賀詞之現象依舊頻仍。

賀鑄之詞亦有題為他人之作的現象，誤題頻率最高者〈長相思慢〉（鐵甕城高），計有八部詞選誤收。賀鑄《東山詞》朱祖謀《彊村叢書》本有錄此首，卻於歷代詞選均誤以為秦觀詞，最先將它誤收於秦觀詞者為明代錢允治《類選箋釋續選草堂詩餘》，沈際飛《詩餘四集》亦沿襲謬誤，明代詞選《百琲明珠》與《花草粹編》亦列於秦詞；至清代選本如《御選歷代詩餘》、《欽定詞譜》、《詞繫》、《碎金詞譜》皆誤為秦觀之作。楊無咎有〈長相思慢〉小題作「己卯歲留淦上，同諸友泛舟至盧家洲，登小閣，追用賀方回韻，以資坐客歌笑」〔註 334〕表明作〈長相思〉是和方回韻；〈長相思慢〉又有〈望揚州〉之名，為詞牌重新命名是賀鑄獨特習慣；又此闋詞寫來哀婉，在歷史時空

〔註334〕《全宋詞》，冊 2，頁 1204。

下，興起尺素難寄、雙鬢漸白之感傷，接近賀鑄沉鬱之風格，因此〈長相思慢〉（鐵甕城高）應爲賀鑄之詞。

　　賀詞誤題他人詞之次數位居第二爲〈小梅花〉（城下路），計有五部詞選誤收，皆作高憲之詞；高憲，字仲常，爲金朝詩人。自幼受家庭之薰陶，作有豐富的詩作，沈雄《古今詞話》云：「高仲常好讀書，泰和中成進士，自言於世味無所好，惟生死文字間耳。」〔註335〕高憲處世淡泊，不貪圖名利富貴，生平無嗜好，愛與文字結生死之交，特爲崇拜蘇軾縱橫瀟灑、雄健豁達之豪放詞風。高憲有詠史之作，如詠史詩〈長城〉〔註336〕，便是批判秦始皇的種種罪惡。而〈小梅花〉（城下路）一闋亦爲詠史詞，旨在針砭追求名利之人，與高憲之生命情調確實相近，因此歷來選本中常將賀鑄此首詞誤題爲高憲之作。金詞總集《中州集》誤將此作題爲高憲，明代收此作也皆納於高憲之詞，至清代朱彝尊《詞綜》未加考正，繼續沿襲相同謬誤，《蕙風詞話續編》有按語曰：「王幼安云：『《詞綜》本元好問《中州樂府》』。」〔註337〕是知《詞綜》因襲《中州集》之誤。幸得清代詞譜如《欽定詞譜》、《碎金詞譜》詳加考證，將〈小梅花〉（城下路）列爲賀鑄之詞；《欽定詞譜》能還原眞相，但同爲清代官修本的《御選歷代詩餘》，卻仍將此闋詞題作高憲，是校勘失當。

三、歷代選本收錄賀鑄詞牌名之異同

　　賀鑄常爲詞牌另外命名，如〈青玉案〉因「凌波不過橫塘路」一句，故作〈橫塘路〉；〈鷓鴣天〉（重過閶門）爲悼妻之作，寫自己悲慟之心情如「梧桐半死」、「失伴鴛鴦」，因此又名爲〈半死桐〉用以

〔註335〕 清・沈雄撰：《古今詞話・詞評》，卷下，見錄於唐圭璋編：《詞話叢編》，冊1，頁1017。

〔註336〕 參閱清・郭元釪輯：《全金詩》（臺北：新興書局，1968年10月），冊1，頁452。

〔註337〕 引自清・況周頤撰：《蕙風詞話續編》，卷2，見錄於唐圭璋編：《詞話叢編》，冊5，頁4581。

寄託夫妻生死兩別離之哀苦。歷代選本有少數詞選收賀鑄創調之名，如「薄雨收寒」一闋，《詞綜》、《續詞選》、《詞則・閑情集》、《藝蘅館詞選》皆錄賀鑄創調名〈柳色黃〉，而非原調名〈石州引〉。「蓮葉初生」一闋，《樂府雅詞》、《詞則・別調集》皆錄〈憶仙姿〉，非錄原調名〈如夢令〉。「斗酒纔供淚」一闋，《類編續選本》、《古今詩餘醉》皆題作〈南柯子〉，非原調〈南歌子〉。又如《樂府雅詞》錄〈憶仙姿〉（綵舫解維），非〈如夢令〉；《類編續選本》錄〈一斛珠〉（急雨收春），非〈踏莎行〉；《詞林萬選》作〈木蘭花〉（秦絃絡絡），非〈玉樓春〉；《花草粹編》作〈山花子〉（湖上秋深），非〈攤破浣溪沙〉；《歷朝名人詞選》作〈山花子〉（錦韉朱絃），非〈攤破浣溪沙〉；《詞則・別調集》作〈惜雙雙〉（皎鏡平湖），非〈惜分飛〉，作〈思越人〉（重過閶門），非〈鷓鴣天〉；《宋詞三百首》作〈綠頭鴨〉（玉人家），非〈多麗〉。其中以《樂府雅詞》、《詞則・別調集》特愛收賀鑄創調名。賀鑄尚有其他自創詞牌名，如〈橫塘路〉（凌波不過）一闋，歷來詞選收詞皆以〈青玉案〉爲名，某些詞選僅於詞牌下標出自創名；〈伴雲來〉（煙絡橫林）一闋，詞選皆錄原調名〈天香〉；〈臺城柳〉（南國本瀟灑）一闋，詞選均錄原調名〈水調歌頭〉。歷代選本錄賀鑄詞，多數以原調名著錄，譜體詞選則全用原調名，是爲統整與分類之便。

四、賀鑄詞兼具藝術之美與創調之功

自宋至清代選本中，〈青玉案〉（凌波不過）一闋皆爲各朝代選本最常收錄賀鑄之詞。「時間是偉大的批評家，只有能讓人反覆重讀的作品才算得上眞正的經典。」〔註338〕在時間的洪流下，〈青玉案〉（凌波不過）一闋詞能歷久不衰，廣爲流傳，成爲賀鑄之代表名作，因此可視爲經典的形成。歷代選本擇錄賀詞位居前列者幾乎相同，如〈青玉案〉（凌波不過）、〈薄倖〉（豔眞多態）、〈臨江仙〉（巧翦合歡）、〈望

〔註338〕陳文忠：《文學美學與接受史研究》（合肥：安徽人民出版社，2008年4月），頁339。

湘人〉（厭鶯聲到枕）等，於明、清詞選與詞譜皆有收錄，可見賀鑄
諸詞不僅藝術手法高妙，更兼具創調之功。其它諸如〈雨中花令〉（清
滑京江）、〈六州歌頭〉（少年俠氣）、〈六么令〉（暮雲消散）、〈兀令〉
（盤馬樓前）、〈水調歌頭〉（南國本瀟灑）、〈萬年歡〉（淑質柔情）、〈聲
聲慢〉（園林冪翠）、〈尉遲杯〉（勝游地）、〈沁園春〉（宮燭分煙）等
詞，鮮少被詞選所錄，卻因創調而見收於詞譜中，無形中增加賀詞的
曝光率。

五、從錄詞情況觀歷代賀詞接受消長

宋代詞選中唯黃大輿《梅苑》一書之外，皆有收錄賀詞，但收詞
數最多不超過三首，為賀詞接受之開端期。金元詞選收賀詞僅一首，
且誤題為他人之作，是賀詞接受之沉寂階段。明代詞選收北宋詞者，
不論數量多寡，皆有擇錄賀鑄之詞，而以《花草粹編》收 44 闋，為
明編詞選收賀詞之冠，相較於金元對賀詞接受之停滯，明代可謂賀詞
接受之中興期。清代詞壇有浙西、常州兩大詞派，浙派推崇姜夔、張
炎的「清醇雅正」，浙派詞選如朱彝尊《詞綜》、先著、程洪《詞潔》、
沈時棟《古今詞選》、夏秉衡《歷朝名人詞選》、許寶善《自怡軒詞選》
五部詞選，選錄賀詞數皆於四首以上；常州派則特賞周邦彥的渾厚風
格，標榜詞的比興寄託、「意內言外」，常州派詞選如張惠言《詞選》、
董毅《續詞選》兩部選本僅錄賀鑄一闋詞，表示接受程度偏低，但其
它常州派詞選如黃蘇《蓼園詞選》、周濟《宋四家詞選》、朱祖謀《宋
詞三百首》，皆收錄賀鑄五首以上之詞。各選編者在不同標準中，皆
有收錄賀詞之作，不論數量多寡，說明賀鑄詞在詞史地位是不容抹煞
的；此外，陳廷焯《詞則》一書大量收錄賀鑄之詞，且收詞數佔全書
錄宋詞數量之冠，可想見陳廷焯對賀鑄之重視。清代詞選與詞譜如雨
後春筍，選本繁多，體制更加龐大，收賀詞數也在清康熙帝命臣子輯
《御選歷代詩餘》、《欽定詞譜》兩部選本中達到頂峰。清代開始收錄
前代較少關注的詞作，如宋、明兩代收〈石州引〉（薄雨收寒）一闋

者各僅有一選本，到了清代，共有十二部選本收錄，其排名於清代詞
選中躍居第四；又如〈感皇恩〉（蘭芷）於宋代有兩部選本收錄，明
代詞選則無一部擇錄，至清代計有十部選本收錄，排名位居第五，足
見清代學者選詞之用心。清代詞選雖有少數未錄賀詞者，然相較於前
代選本之收詞總數與範圍，清代仍可稱爲賀鑄傳播接受之高峰期；就
變異數而言，能體現清代對賀鑄詞評價兩極的現象。近代詞學則多爲
賀詞平反，如〈六州歌頭〉（少年俠氣）一闋，歷來詞選皆不重視其
內涵，僅有清代詞譜收錄；然近代學者卻對之極爲推許，如鍾振振稱
此詞爲賀鑄詞集中的壓卷之作；〔註 339〕黃文吉亦認爲此詞是賀鑄幽
潔悲壯的英雄詞中，最具代表性的，〔註 340〕可見賀詞於近代詞學中
漸受重視。

〔註339〕 參閱鍾振振：《北宋詞人賀鑄研究》（臺北：文津出版社，1994 年 8
月），頁 105。

〔註340〕 參閱黃文吉：《北宋十大詞家研究・兼具豪放婉約之長——賀鑄》（臺
北：文史哲出版社，1996 年 3 月），頁 276。

第三章　歷代賀鑄詞的評騭接受（上）

　　研究詞人「接收史」應掌握的研究材料，可由以下十個方向著手：
一曰他人和韻之作，二曰他人仿擬之作，三曰詩話，四曰筆記，五曰
詞籍（集）序跋，六曰詞話，七曰論詞長短句，八曰論詞絕句，九曰
評點資料，十曰詞選。〔註1〕其中「詩話」、「筆記」、「詞籍（集）序
跋」、「詞話」、「論詞長短句」、「論詞絕句」、「評點資料」等七項材料，
可作爲對詞人評騭接受的資料。

　　凡有關詞之話語都可稱爲詞話。〔註2〕詞話是中國文評的主體，
也是經典解讀的主要方式。〔註3〕宋代以來的詩話、詞話，是古典詩
歌最重要的接受文本，也是最具民族特色的詩歌接受方式。詩話、詞
話皆爲一種闡述史，是以詩評家爲主體，對作品的創作根源、詩旨內
涵、風格特徵、審美意義等進行分析闡釋所形成的歷史。而闡釋史研
究，是對歷代闡釋的現代思考和重新分析，是闡釋的闡釋，以提供新
的思考結果和學術見解爲目標。〔註4〕文學作品是圖式化的審美結

〔註1〕參閱王偉勇：〈清代論詞絕句之整理、研究及價值〉，《清代論詞絕句
　　　初編》（臺北：里仁書局，2010年9月），頁1。
〔註2〕朱崇才：《詞話學》（臺北：文津出版社，1995年1月），頁6。
〔註3〕陳文忠：《文學美學與接受史研究》（合肥：安徽人民出版社，2008
　　　年4月），頁326。
〔註4〕陳文忠：《文學美學與接受史研究》（合肥：安徽人民出版社，2008
　　　年4月），頁297。

構，充滿了無數有待具體化的未定點，讀者詩評家則各有自己的期待視野、審美取向和接受重點，即使面對同文本、同一個問題，也會見仁見智，形成多樣的闡釋角度。〔註5〕此闡釋的過程，亦可視爲一種評騭接受。

　　歷代的詞話，有原先便獨立成書並完整保存下來的詞話著作，如南宋王灼《碧雞漫志》、張炎《詞源》等；有一書中成卷的詞話而被後人輯出成書的，如吳曾《能改齋詞話》、胡仔《苕溪漁隱叢話》等；也有非專書或書卷，只散見於詞選中的評點批語，由後人輯之成書如《詞潔輯評》、《蓼園詞評》等。詞論的資料繁雜多樣，近人唐圭璋輯《詞話叢編》，收錄宋至近代詞話85種，爲迄今匯集歷代詞話專書最多、檢閱最便利的詞話叢刊，堪稱詞話之淵藪。〔註6〕後有張璋、職承讓等編纂的《歷代詞話》，上起唐宋，下迄清末，共計一百二十餘種。又鄧子勉輯《宋金元詞話全編》，共錄宋、金、元人詞話五百八十餘家，凡四千二百餘則，是輯錄宋金元人詞話資料較爲全面且豐富的一部書。有關詞的接受史料，可見於各種詞話和詞集序跋中，也可見於詞作中。〔註7〕有關詞集序跋之資料，如金啓華、張惠民等編《唐宋詞籍序跋匯編》、張惠民編《宋代詞學資料匯編》、施蟄存編《詞籍序跋萃編》，皆是廣泛蒐羅各詞家的序跋資料，便於研究者提取；而與接受史料相關之詞作，如論詞絕句與論詞長短句，於清代特爲盛行這類韻文，皆可成爲研究接受史的資料。以上各種詞學資料，爲筆者探求賀詞接受情況之材料，〔註8〕先以專書入手，再輔以各散見之詞

〔註5〕陳文忠：《文學美學與接受史研究》（合肥：安徽人民出版社，2008年4月），頁291。

〔註6〕參閱王兆鵬：《詞學史料學》（北京：中華書局，2009年2月），頁475。

〔註7〕參閱王兆鵬：《詞學史料學》（北京：中華書局，2009年2月），頁425～426。

〔註8〕本論文所用之詞話叢書爲唐圭璋編：《詞話叢編》（北京：中華書局，2005年10月）；張璋、職承讓等編《歷代詞話》（鄭州：大象出版社，2002年3月）；鄧子勉編：《宋金元詞話全編》（南京：鳳凰出版社，2008年12月）。序跋資料爲金啓華、張惠民等：《唐宋詞集序跋匯

論。關於歷代賀鑄詞的評騭接受，筆者爲求章節份量之平衡，擬分作兩章論述，先以宋代至明代爲一章作討論，後一章專論清代。

第一節　宋代對賀鑄詞的評騭接受

宋代隨著詞之大量創作，詞的繁榮也帶來詞話的興盛，加上朝廷文化政策的相對寬鬆、科學技術的進步、書籍市場的發達等條件具備，開始出現有意爲之的詞話專著與豐富的詞集序跋、詩話、筆記等文體，將時興的詞作爲談論之對象。〔註9〕宋代對賀鑄之評騭接受，主要討論之主題可分作「論賀鑄生平軼聞」、「賀鑄詩詞妙天下」、「論賀詞技巧風格」、「論賀鑄詞史地位」、「論賀鑄單篇詞作」、「指摘賀詞之誤收」、「對賀詞提出批評」、「引用賀詞之錯誤」八端。

一、論賀鑄生平軼聞

（一）人稱「賀鬼頭」

陸游（1125～1210），字務觀，號放翁，越州山陰（今浙江紹興）人，著有《老學庵筆記》，書中記載多是作者親歷、親見、親聞之事，內容豐富，具參考價值。卷八提及賀鑄之面貌與嗜好：

> 賀方回狀貌奇醜，色青黑而有英氣，俗謂之賀鬼頭。〔註10〕

描述賀鑄樣貌醜陋，面青黑卻流露英氣，俗稱之爲「賀鬼頭」。

（二）豪爽近俠

葉夢得（1077～1148），字少蘊，號肖翁，又號石林居士，蘇州長洲人。學問淵博，精熟掌故，著有《建康集》八卷，其中有對幾位

編》（臺北：臺灣商務印書館，1993年2月）、張惠民編：《宋代詞學資料匯編》（廣州：汕頭大學出版社，1993年11月）、施蟄存編：《詞籍序跋萃編》（北京：中國社會科學出版社，1994年12月）。

〔註9〕參閱朱崇才：《詞話學》（臺北：文津出版社，1995年1月），頁76～77。

〔註10〕宋・陸游：《老學庵筆記》，卷8，見錄於《唐宋史料筆記叢刊》（北京：中華書局，1997年12月），頁105。

重要詞家進行品評論述，包括晏殊、柳永、秦觀等人，有〈賀鑄傳〉，
論及賀鑄之生平軼聞，云：

> 賀方回，名鑄，衛州人。自言唐諫議大夫知章後，故號鑑
> 湖遺老。長七尺，眉目聳拔，面鐵色，喜劇談當世事，可
> 否不略少假借，雖貴要權傾一時，小不中意，極口詆無遺
> 辭，故人以爲近俠。是時，江淮間有米芾元章，以魁岸奇
> 譎知名，而方回以氣俠雄爽適先後，二人每相遇，瞋目抵
> 掌，論辯蠭起，終日，各不能屈，談者爭傳爲口實。
>
> 初仕監太原工作，有貴人子適同事，驕倨不相下，方回微
> 廉得其盜工作物若干，一日，屏侍吏閒之密室，以杖數曰：
> 「來，若某時盜某物爲某用，某時盜某物入於家，然乎？」
> 貴人子惶駭，謝有之。方回曰：「能從吾治，免白發。即起，
> 自袒其膚，杖數十下。」貴人子叩頭祈哀，即大笑釋去，
> 自是諸俠氣力，頡頑者皆側目，不敢仰視。〔註11〕

葉夢得先敘賀鑄名號與樣貌，「小不中意，極口詆無遺辭」，爲人近俠，
並與米芾並提；米芾（1051～1107），爲北宋書畫家，初名黻，字元
章，時人號襄陽漫士、海岳外史，自號鹿門居士。米芾魁岸奇譎，賀
鑄氣俠雄爽，二人並稱於世，陳振孫《直齋書錄解題》亦云：

> 鑄後居吳下，葉少蘊爲作傳，詳其出處，且言與米芾齊名，
> 然鑄生皇祐壬辰，視米芾猶爲前輩也。〔註12〕

提及葉夢得〈賀鑄傳〉將賀鑄與米芾齊名，二人有交游，每逢相遇，
便瞋目論辯。後更描述賀鑄俠氣逼人，盜亦慴服之事，如此生動描寫，
使賀鑄俠氣之形象躍然紙上。又程俱〈宋故朝奉郎賀公墓志銘〉記載：

> 方回豪爽精悍，書無所不讀，哆口疏眉目，面鐵色，與人
> 語不少降詞色，喜面刺人過，遇貴勢不肯爲從諛。然爲吏

〔註11〕宋·葉夢得：《石林居士建康集》，卷8，見錄於鄧子勉編：《宋金元
　　　　詞話全編》，上冊，頁271～272。

〔註12〕宋·陳振孫：《直齋書錄解題》，卷20，見錄於任繼愈、傅璇琮編：《文
　　　　淵閣四庫全書》（北京：臺灣商務印書館，2005年），史部，冊224，
　　　　頁805。

極謹細，在莞庫，常手自會稽，其于室罅漏逆，姦欺無遺
察，治戎器，堅利爲諸路第一。爲巡檢，日夜行所部，歲
裁一再過家，盜不得發。攝臨城令，三日決滯訟數百，邑
人駭嘆。監兩都，狡吏不得措其私。蓋仕無大小不苟，要
使人不能欺，而用不極其才老。〔註13〕

言賀鑄性格豪爽精悍，喜面刺人過，而爲官謹愼盡責，使盜賊不得發。
〈鑑湖遺老詩序〉亦提及賀鑄曰：

賀鑄，字方回，衛州人。僑居吳下，少豪俠氣蓋一坐，馳
馬走狗，飲酒如長鯨，……。其儀觀甚偉，如羽人劍
客。……，其言理財治劇之方，亹亹有緒似非無意於世者；
然遇軒裳角逐之會，常如怯夫處女，餘以爲不可解者此也。

〔註14〕

先談賀鑄之面貌與個性，「儀觀甚偉，如羽人劍客」，言賀鑄樣貌如俠
客，且少有豪俠氣概。對於繁重事物之處理態度，是勤奮積極的，看
似有意見用於世；但於仕途角逐之中，他卻如「怯夫處女」，不喜同
人競利。張昶從相貌入手，記錄賀鑄之爲人處事與做事態度。

（三）為官經歷

龔明之（1091～1182），字希仲，一作熙仲，號五休居士，崑山
（今屬江蘇）人，其《中吳紀聞》載：

初，方回爲武弁，李邦直爲執政，力薦之，其略謂：「切見
西頭供奉官賀某，老於文學，泛觀古今，詞章議論，迥出
流輩。欲望改換一職，合入文資，以示聖時育材進善之意。」
上可其奏，因易文階，積官至正郎，終於常悴。〔註15〕

〔註13〕宋·程俱：《慶湖遺老集·宋故朝奉郎賀公墓志銘》，見錄於王雲五
　　　　主編：《四庫全書珍本八集》（臺北：臺灣商務印書館，1978年），冊
　　　　156，頁31。

〔註14〕宋·程俱：《慶湖遺老集·鑑湖遺老詩序》，見錄於王雲五主編：《四
　　　　庫全書珍本八集》，冊155，頁5。

〔註15〕宋·龔明之：《中吳紀聞》，卷3，見錄於張惠民編：《宋代詞學資料
　　　　匯編》，頁94～95。

賀鑄原為武官，後受李清臣之推薦，言賀鑄長於文學，詞章議論皆迴出流輩，而改換文官。葉夢得〈賀鑄傳〉云：

> 然以尚氣使酒，終不得美官。初娶宗女，隸籍右選，李中書清臣執政，奏換通直郎，為泗州通判，悒悒不得志，食宮祠祿，退居吳下，浮沉俗間。稍務引遠世，故亦無復軒輊如平日。

> 家貧甚，貸子錢自給，有負者，輒折券與之，秋毫不以丐人。〔註16〕

賀鑄雖轉為文官，卻仍不受重用，因此悒悒不得志，家貧卻仍「秋毫不以丐人」，可想見賀鑄之剛健骨氣。陳思《兩宋名賢小集》有《慶湖集》，所載之事大體同葉夢得〈賀鑄傳〉。〔註17〕

（四）精於校讎

賀鑄有詩〈丹陽客社示曾紆公袞〉云：「欲知老子消懷處，靜夜青燈一卷書。」〔註18〕是自述沉溺書冊以遣興消懷。《老學庵筆記》謂賀鑄「喜校書，朱黃未嘗去手。」〔註19〕又程俱〈鑑湖遺老詩序〉云：「遇空無有時，俛首北窗下，作牛毛小楷，雌黃不去手，反如寒苦一書生。」〔註20〕賀鑄不僅博覽群書，藏書萬卷，且喜於校書，葉夢得〈賀鑄傳〉亦提及賀鑄「家藏書萬餘卷，手自校讎，無一字脫誤，以是杜門，將遂老。」〔註21〕皆說明賀鑄廣博學識，校讎謹慎，且無一字失誤。

〔註16〕宋・葉夢得：《石林居士建康集》，卷8，見錄於鄧子勉編：《宋金元詞話全編》，上冊，頁271～272。

〔註17〕宋・陳思：《兩宋名賢小集》，卷120，見錄於鄧子勉編：《宋金元詞話全編》，中冊，頁1468～1469。

〔註18〕宋・賀鑄：《慶湖遺老集》，補遺，見錄於王雲五主編：《四庫全書珍本八集》，冊155，頁5。

〔註19〕宋・陸游：《老學庵筆記》，卷8，見錄於《唐宋史料筆記叢刊》，頁105。

〔註20〕宋・程俱：《慶湖遺老集・鑑湖遺老詩序》，見錄於王雲五主編：《四庫全書珍本八集》，冊155，頁5。

〔註21〕宋・葉夢得：《石林居士建康集》，卷8，見錄於鄧子勉編：《宋金元詞話全編》，上冊，頁271～272。

（五）交游軼聞

周紫芝（1082～1155），字小隱，號竹坡居士，宣城（今安徽宣城）人。其《竹坡詩話》嘗云：

> 賀方回嘗作〈青玉案〉詞，有「梅子黃時雨」之句。人皆服其工，士大夫謂之賀梅子。郭功父有〈示耿天隲〉一詩，王荊公嘗爲之書其尾云：「廟前古木蔵訓狐，豪氣英風亦何有？」後方回晚倅姑，孰與功父遊甚懽。方寡髮，功父指其髻曰：「此眞賀梅子」也。方回乃捋其鬚曰：「君可謂郭訓狐。」功父聲而胡，故有是語。〔註22〕

記載賀鑄和友人郭祥正（字功父）之妙語互評，〈青玉案〉有「梅子黃時雨」一句，人稱之爲賀梅子。而郭功父有〈示耿天隲〉一詩，王安石爲之書云：「廟前古木蔵訓狐，豪氣英風亦何有。」賀鑄因髮少，郭功父以其髻之稀而笑曰：「眞賀梅子也」；賀鑄則捋其鬍鬚，稱之爲「郭訓狐」，以「狐」協「鬍」音，甚爲妙趣之事。

二、賀鑄詩詞妙天下

葉夢得〈賀鑄傳〉云：

> 方回所爲詞章既多，往往傳播在人口。〔註23〕

言賀鑄詞作甚多，常爲人所道。但賀鑄不獨善於詞，詩文亦有所工，然世人多聚焦於詞作之上，周煇《清波雜志》便提出此現象，嘗曰：「賀方回、柳耆卿爲文甚多，皆不傳於世。獨以樂章膾炙人口。」〔註24〕胡澄《慶湖遺老集・跋》：

> 賀公詩詞妙天下。幼年竊聞諸老稱其名章俊句，今詞盛於世，詩則罕見。〔註25〕

〔註22〕　宋・周紫芝：《竹坡詩話》，卷20，見錄於張惠民編：《宋代詞學資料彙編》，頁11～12。

〔註23〕　宋・葉夢得：《石林居士建康集》，卷8，見錄於鄧子勉編：《宋金元詞話全編》，上冊，頁271～272。

〔註24〕　宋・周煇：《清波雜志》，卷8，見錄於《唐宋史料筆記叢刊》，頁340。

〔註25〕　宋・胡澄：《慶湖遺老集・跋》，見錄於王雲五主編：《四庫全書珍本八集》，冊156，頁51。

又劉克莊亦有相同見解，劉克莊（1187～1269），字潛夫，號後村，
著有《後村集》、《後村詩話》，評宋代諸人云：

> 本朝如晏叔原、賀方回、柳耆卿、周美成輩，小詞膾炙人
> 口，他論著世十分罕見，豈爲詞所掩歟？亦材有所侷歟？
>
> 〔註26〕

指出晏幾道、賀鑄、柳永、周邦彥等人皆以詞膾炙人口，其他文體之
表現則較少見，或爲詞作之光芒所掩；然而也有詞家不獨關注於賀鑄
詞作者，如陸游《老學庵筆記》評賀鑄曰：

> 詩文皆高，不獨工長短句也。〔註27〕

是肯定賀鑄於其他文體之才華。又如龔明之《中吳紀聞》云：

> 方回嘗遊定力寺，訪僧不遇，因題一絕云：「破冰泉脈漱籬
> 根，懷衲遙疑掛樹猿。蠟屐舊痕渾不見，東風先爲我開門。」
> 王荊公極愛之，自此聲價愈重，有小築，在盤門之南十餘
> 裡，地名橫塘。方回往來其間，嘗作〈青玉案〉詞……後
> 山谷有詩云：「解道江南斷腸句，只今唯有賀方回。」其爲
> 前輩推重如此。〔註28〕

賀鑄遊定力寺作一絕句，王安石極爲喜愛，因此賀鑄之聲名愈加響
亮；又作〈橫塘路〉一詞，深受黃庭堅青睞，是言賀鑄詩、詞皆受前
人推崇。

三、論賀詞技巧風格

（一）善用古語

張炎（1248～1320），字叔夏，號玉田，晚年號樂笑翁。前半生
居臨安，生活優裕；宋亡後家道中落，晚年漂泊，其人生蘊含歷史的

〔註26〕 宋・劉克莊：《後村集》，見錄於鄧子勉編：《宋金元詞話全編》，中
　　　　冊，頁1183。

〔註27〕 宋・陸游撰：《老學庵筆記》，卷8，見錄於《唐宋史料筆記叢刊》，
　　　　頁105。

〔註28〕 宋・龔明之：《中吳紀聞》，卷3，見錄於張惠民編：《宋代詞學資料
　　　　匯編》（廣州：汕頭大學出版社，1993年11月），頁94。

悲劇意識，也包含詩性的情懷，晚年著有《詞源》一書，將豐富的藝術感悟結合縝密的邏輯思辨建立一套完整的理論體系。〔註29〕此書提出的理論不僅重詞的內容，也重視詞的形式，包括句法、字面等，嘗云：

> 句法中有字面，蓋詞中一個生硬字用不得。須是深加煅煉，字字敲打得響，歌誦妥溜，方爲本色語。如賀方回、吳夢窗，皆善於鍊字面，多於溫庭筠、李長吉詩中來。字面亦詞中之起眼處，不可不留意也。〔註30〕

「字面」指的是語言的修辭錘鍊，字面爲詞中之起眼處，作詞須煅煉字面，忌生硬字，並要遵循音律之規則，方能稱爲「本色」，是嚴格要求詞的語言和音律皆須符合形式之美，以賀鑄與吳文英爲例，言二人皆善鍊字面，詞句多從溫庭筠、李賀之詩句而來。用溫庭筠詞如〈窗下繡‧初見碧紗〉「不應學舞愛垂楊」化用〈惜春詞〉「不似垂楊惜金縷」。〈虞美人‧粉娥齊斂〉「無奈兩行紅淚、濕香巾」截取〈達摩支曲〉「紅淚文姬洛水」。用李賀詞如〈呈纖手‧秦絃絡絡〉「蜜炬垂花知夜久」截取〈河陽歌〉「蜜炬千枝爛」。〈思牛女‧樓角參橫〉「庭心月午」李賀〈感諷五首〉之三「月午樹無影」等。〔註31〕

王銍，字性之，自號汝陰老民，汝陰（今安徽阜陽）人，著有《默記》一卷、《雜纂續》一卷、《侍兒小名錄》一卷、《國老談苑》二卷等書。《默記》卷下提及賀鑄善取唐人遺意：

> 賀方回遍讀唐人遺集，取其意以爲詩詞。然所得在善取唐人遺意也，不如晏叔原盡見昇平氣象，所得者人情物態。叔原妙於得于婦人，方回妙在得詞人遺意。〔註32〕

〔註29〕顏翔林：《宋代詞話的美學研究》（長沙：湖南師範大學，2003 年 5 月），頁 19～20。

〔註30〕宋‧張炎撰：《詞源》，卷下，見錄於唐圭璋編：《詞話叢編》，冊 1，頁 259。

〔註31〕參閱王偉勇：《宋詞與唐詩之對應研究》（臺北：文史哲出版社，2004 年 3 月），頁 229～308。

〔註32〕宋‧王銍撰：《默記》，卷下，見錄於《唐宋史料筆記叢刊》，頁 46。

言賀鑄遍讀唐人之作，故能妙取唐人遺意爲詩詞。周密《浩然齋詞話》云：「賀方回嘗言，吾筆端驅使李商隱、溫庭筠常奔走不暇。則亦可謂能事矣。」〔註33〕記載賀鑄曾自言常用李商隱、溫庭筠之句，葉夢得〈賀鑄傳〉亦評賀鑄：「尤長於度曲，掇拾人所遺棄，少加隱括，皆爲新奇。」〔註34〕是知賀鑄善掇人之句，加以隱括而成爲新奇之作。

（二）長於令曲

張炎《詞源》一書不僅重視詞作形式內容，對藝術技巧亦十分講究，其中涉及令曲之寫作：

> 詞之難於令曲，如詩之難於絕句，不過十數句，一句一字閒不得。末句最當留意，有有餘不盡之意始佳。當以唐《花閒集》中韋莊、溫飛卿爲則，又如馮延巳、賀方回、吳夢窗亦有妙處。〔註35〕

將令曲與絕句相比，兩者分別爲是詞和詩的最短小樣式，由於字數有限，因此「一句一字閒不得」；此外，更強調末句的重要性，需有不盡之餘韻，並以韋莊、溫飛卿爲例，也認爲馮延巳、賀鑄、吳文英三人善於令曲，且於詞作結句上之表現皆有妙處。魏慶之，字醇甫，號菊莊，建安（今福建建甌）人，引釋惠洪《冷齋夜話》云：「賀方回妙於小詞，吐語皆蟬蛻塵埃之表。」〔註36〕同樣肯定賀鑄之令曲，認爲其吐語皆爲脫去塵埃的清新之作。所謂「蟬蛻塵埃」，本諸於《史記》卷八十四〈賈誼列傳〉司馬遷讚屈原曰：「蟬蛻於濁穢，以浮游塵埃之外」。原意是讚譽屈原之品行高潔，如蟬蛻於塵埃，在此則稱頌賀詞之語言高雅。

〔註33〕 宋・周密撰：《浩然齋詞話》，見錄於唐圭璋編：《詞話叢編》，冊1，頁234。

〔註34〕 宋・葉夢得：《石林居士建康集》，卷8，見錄於鄧子勉編：《宋金元詞話全編》，上冊，頁271～272。

〔註35〕 宋・張炎撰：《詞源》，卷下，見錄於唐圭璋編：《詞話叢編》，冊1，頁265。

〔註36〕 宋・魏慶之撰：《魏慶之詞話》，見錄於唐圭璋編：《詞話叢編》，冊1，頁206。

（三）詞作奇崛

王灼《碧雞漫志》共分五卷，卷一考察自三代至當代歷來歌曲之源流演變；卷二論詞，品評唐五代至南渡初期重要詞人詞作，對宋代詞家審美風格多有探究，且評述精當，〔註37〕採用綜合比較之方法，開創詞話中審美風格論的先河。〔註38〕卷三至卷五則考述曲調之源流。卷二將賀鑄與周邦彥並提，並認爲柳永不如二人：

> 世間有〈離騷〉，惟賀方回、周美成時時得之。賀〈六州歌頭〉、〈望湘人〉、〈吳音子〉諸曲，〈周大酺〉、〈蘭陵王〉諸曲最奇崛。或謂深勁乏韻，此遭柳氏野狐涎吐不出者也。〔註39〕

此言「離騷」之意，惟賀鑄與周邦彥能得之，柳永不能相比，甚至評柳永爲「野狐涎吐不出者」；並舉賀鑄〈六州歌頭〉、〈望湘人〉、〈吳音子〉，和周邦彥〈大酺〉、〈蘭陵王〉諸曲皆爲「奇崛」之作。

（四）語意精新

王灼《碧雞漫志》卷二對北宋著名詞家給予評價，談論對象包括王安石、晏殊、歐陽脩、晏幾道、蘇軾、秦觀、黃庭堅等人，王灼最賞蘇軾，《碧雞漫志》有條目云：「東坡指出向上一路」，其中記載：「長短句雖至本朝盛，而前人自立，與眞情衰矣。東坡先生非心醉於音律者，偶爾作歌，指出向上一路，新天下耳目，弄筆者始知自振。」〔註40〕是標舉蘇軾一派之豪放詞地位，後品評其他詞人之風格特色：

〔註37〕朱崇才：《詞話學》（臺北：文津出版社，1995 年 1 月），頁 103。
〔註38〕顏翔林：《宋代詞話的美學研究》（長沙：湖南師範大學，2003 年 5 月），頁 11。
〔註39〕宋・王灼撰：《碧雞漫志》，卷 2，見錄於唐圭璋編：《詞話叢編》，冊 1，頁 84。
〔註40〕宋・王灼撰：《碧雞漫志》，卷 2，見錄於唐圭璋編：《詞話叢編》，冊 1，頁 85。

> 晁無咎、黃魯直皆學東坡，韻製得七八。黃晚年閒放於狹
> 邪，故有少疏蕩處。後來學東坡者，葉少薀、蒲大受亦得
> 六七，其才力比晁、黃差劣……。〔註41〕

其中包括晁補之、黃庭堅、賀鑄、周邦彥、晏幾道、張先、秦觀等人，王灼認爲以上詞人皆是「學東坡者」，可謂「後東坡時代」之詞人陣營。〔註42〕賀鑄詞作有一種傷心說不出處，潛伏著奇崛之氣。在慢詞創作上，尤能展現悲壯情懷。其中〈六州歌頭〉（少年俠氣）最稱悲壯，詞中揮灑自如的抒發抑鬱心情的慷慨悲憤之情，顯露出蘇軾開創的革新詞派創作觀念對傳統流派創作風格的影響。〔註43〕

王灼評賀鑄曰：

> 賀方回、周美成、晏叔原、僧仲殊各盡其才力，自成一家。
> 賀、周語意精新，用心甚苦。〔註44〕

是從語言修辭之角度品評賀鑄、周邦彥，認爲二人作詞「用心甚苦」，其詞作「語意精新」，並能自成一家。王灼對賀、周二人之評價，雖稍低於蘇軾一派，但仍是給予肯定的態度。

（五）雍容麗密

程俱〈鑑湖遺老詩序〉言賀鑄「戲爲長短句，皆雍容妙麗，極幽閑恩怨之情」〔註45〕，認爲賀詞雍容婉麗，多閒愁恩怨之情，僅著眼於賀鑄婉約之作。葉夢得〈賀鑄傳〉評賀鑄曰：「博學彊記，工語言，深婉麗密，如次組繡。」〔註46〕此係稱賀鑄的語言如華麗的服飾般，

〔註41〕宋・王灼撰：《碧雞漫志》，卷2，見錄於唐圭璋編：《詞話叢編》，冊1，頁83。

〔註42〕木齋：《宋詞體演變史》（北京：中華書局，2008年12月），頁159。

〔註43〕王水照：《宋代文學通論》（高雄：高雄復文圖書出版社，2000年），頁169。

〔註44〕宋・王灼撰：《碧雞漫志》，卷2，見錄於唐圭璋編：《詞話叢編》，冊1，頁83。

〔註45〕宋・程俱：《慶湖遺老集・鑑湖遺老詩序》，見錄於王雲五主編：《四庫全書珍本八集》（臺北：臺灣商務印書館，1978），冊155，頁5。

〔註46〕宋・葉夢得：《石林居士建康集》，卷8，見錄於鄧子勉編：《宋金元詞話全編》，上冊，頁271～272。

華美而細密。賀鑄「妙麗」之詞風當上承溫庭筠而來；賀鑄曾言：「吾筆端驅使李商隱、溫庭筠常奔走不暇。則亦可謂能事矣。」〔註47〕是知賀鑄填詞深受溫庭筠的影響，除善於隱括溫庭筠之句，對其穠麗之詞風亦是有所繼承。溫庭筠穠艷之代表作當推〈菩薩蠻〉十四首，內容主角為一女子，並以室內各種雕飾華麗之物營造富貴華麗之氛圍，外表的雍容艷麗更顯得內心的苦悶幽怨，故劉熙載評曰：「溫飛卿詞精妙絕人，然類不出綺怨」〔註48〕；賀鑄有〈菩薩蠻〉十二闋，詞風亦較為穠麗，如：

> 粉香映葉花羞日。窗間宛轉蜂尋蜜。歡罷捲簾時。玉纖勻
> 面脂。　　舞裙金斗熨。絳襮鴛鴦蜜。翠帶一雙垂。索人
> 題艷詩。（《東山詞》，頁 246）

此闋上片寫女子起身梳妝，整理容貌，下片描摹其服飾與室內擺設，運用「金斗」、「絳襮」、「翠帶」的華艷之物堆疊，烘托出香軟柔媚的氣息，〔註49〕從中可看出賀鑄「深婉麗密，如次組繡」的詞風特性。

（六）剛柔並存

張耒（1054～1114），字文潛，號柯山，為蘇門四學士之一，有〈東山詞序〉云：

> 文章之於人，有滿心而發，肆口而成，不待思慮而工，不
> 待雕琢而麗者，皆天理之自然，而情性之至道也。世之言
> 雄暴虓武者，莫如劉季、項籍，此兩人者，豈有兒女之情
> 哉？至於過故鄉而感慨，別美人而涕泣，情發於言，流為
> 歌詞，含思悽惋，聞者動心。為此兩人者，豈其費心而得
> 之哉？直寄其意耳！余友賀方回，博學業文，而樂府之詞，
> 高絕一世。攜一編示余，大抵倚聲而為之，詞皆可歌也。

〔註47〕宋·周密撰：《浩然齋詞話》，見錄於唐圭璋編：《詞話叢編》，冊1，頁 234。

〔註48〕清·劉熙載撰：《詞概》，見錄於唐圭璋編：《詞話叢編》，冊 4，頁 3689。

〔註49〕參閱黃文鶯：《賀鑄在詞史上的承繼與開展》（臺北：國立臺灣師範大學國文研究所碩士論文，2002 年），頁 25～26。

> 或者譏方回好學能文，而惟是為工，何哉？余應之曰：是
> 所謂滿心而發，肆口而成，雖欲已焉而不得者。若其粉澤
> 之工，則其才之所至，亦不自知也。夫其盛麗如游金張之
> 堂，而妖冶如攬嬙、施之袪，幽潔如屈、宋，悲壯如蘇、
> 李，覽者自知之，蓋有不可勝言者矣。〔註50〕

張耒於此篇序中，大力讚揚賀鑄才情，言賀鑄博學於文，詞作高絕一世，且能倚聲為之，並反駁他人譏笑賀鑄之工，認為賀詞之「粉澤」、「盛麗」、「妖冶」之工，皆是「滿心而發，肆口而成」，為自然之所作，此外更言賀詞「幽潔如屈、宋，悲壯如蘇、李」。「盛麗」、「妖冶」為「婉約派」之本色，「幽潔」於「婉約」詞中間或有之，但「悲壯」則非「豪放派」不能至，可見張耒認為賀詞能融婉約與豪放為一體，可謂剛柔並存。清人田同之亦認同張耒之說，謂賀詞幽潔悲壯。〔註51〕

張耒在此直截了當的將「粉澤」、「盛麗」、「妖冶」等風格看作是「天理之自然」、「情性之至道」，在理論上似乎為豔情詞存在的合理性找到有力的證據。張耒作此序之時期，約為紹聖元符間，社會上看似歌舞昇平、繁華富裕，然實際上卻已身處危機，此時卻僅有王安石、蘇軾等大家預知時事，企圖力挽狂瀾，因而導致政治思想上的激烈衝突，在詞作表現上則多懷古弔亡；但其餘世人皆是點綴太平，遣興遊樂，就張耒此篇序便能找到相映之處。〔註52〕

四、論賀鑄詞史地位

釋惠洪（1071～1128），名德洪，號覺範，俗姓彭，北宋筠州（今江西高安）人，其《冷齋夜話》曾曰：「賀方回妙於小詞，吐語皆蟬

〔註50〕 宋·張耒：〈東山詞序〉，見錄於金啓華等編：《唐宋詞集序跋匯編》，頁59。

〔註51〕 清·田同之撰：《西圃詞說》，見錄於唐圭璋編：《詞話叢編》，冊2，頁1455。

〔註52〕 朱崇才：《詞話學》（臺北：文津出版社，1995年1月），頁95。

蛻塵埃之表。晏叔原、王逐客俱當澠淬然第之。」〔註53〕稱賀詞之高雅譬如屈原高潔之情操，又言晏幾道與王觀二人見賀鑄也應尊敬推崇。晏幾道（1030～1106），字叔原，號小山，撫州臨川文港（今南昌進賢）人，著有《小山詞》，工於小詞，詞風婉約，真摯動人，晚年家道中落，詞作常多愁善感，惆悵傷心，低迴悲涼。王觀（1035～1100），字通叟，江蘇如皋人，自號逐客，其詞學柳永，詞集名曰《冠柳集》，是以勝過柳永為志，其詞情景交融，雖近於俚俗，卻又諧而不謔。惠洪認為晏、王二人皆在賀鑄之下，可見對賀鑄之推尊。

　　趙令時（1061～1134），字德麟，撰《侯鯖錄》八卷，其中卷七將賀鑄與秦觀並提：

　　　秦少游、賀方回相繼以歌詞知名。〔註54〕

秦觀（1049～1100），字少游、太虛，號淮海居士，高郵（今江蘇）人，有《淮海集》。工於詩文，詞風柔婉秀麗，與張耒、晁補之、黃庭堅並稱「蘇門四學士」。趙令時言秦觀與賀鑄相繼以詞聞名於世，是對賀詞相當推崇。

　　李清照（1084～1156），自號易安居士，為中國史上最著名女詞人，著有〈詞論〉一篇，論述前人的作詞風格，詞學觀點為音律與文采並重，提出「詞別是一家，知之者少。」〔註55〕特將詞有別於詩，認為詞有獨特之藝術風格；詞之所以別於詩者，包含外形之句調韻律與內在之情味意境。〔註56〕李清照評各家詞人曰：「（柳永）變舊聲作新聲，出《樂章集》，大得聲稱於世；雖協音律，而詞語塵下。又有張子野、宋子京兄弟，沈唐、元絳、晁次膺輩繼出，雖時時有妙語，

〔註53〕宋‧魏慶之撰：《魏慶之詞話》，見錄於唐圭璋編：《詞話叢編》，冊1，頁206。

〔註54〕引自宋‧趙令時：《侯鯖錄》，卷7，見錄於鄧子勉編：《宋金元詞話全編》，上冊，頁243。

〔註55〕宋‧李清照撰：〈詞論〉，見錄於張璋、職承讓等編：《歷代詞話》，頁13。

〔註56〕繆鉞：《詩詞散論》（臺北：台灣開明書局，1956年10月），頁3。

而破碎何足名家！至晏元獻、歐陽永叔、蘇子瞻，學際天人，作爲小歌詞，直如酌蠡水于大海，然皆句讀不葺之詩爾，又往往不協音律」〔註57〕認爲柳永詞雖協律，卻不合於高雅。又評張先、宋子京兄弟、晁端禮等人塡詞雖有佳句，但通篇欠缺渾成。而蘇軾等人之詞因不協音律，而被李清照稱爲「句讀不葺之詩」，可見李清照對於音律之重視。詞須協音合律，持此觀點，李清照對不可歌、不可讀之詞給與否定，在此基礎上爲詞體確立了嚴格的音律標準。〔註58〕接續評論蘇軾等諸位詞人，李清照又云：

> 晏叔原、賀方回、秦少游、黃魯直出，始能知之。〔註59〕

在一路指摘各家詞人之缺失後，李清照轉而讚賞晏幾道、賀鑄、秦觀、黃庭堅等人始能知曉音律。又王灼《碧雞漫志》並論賀鑄與周邦彥曰：

> 世間有離騷，惟賀方回、周美成時時得之。〔註60〕

周邦彥（1056～1121），字美成，號清眞居士，錢塘（今浙江杭州）人，有《片玉詞》。能審訂古調，創制音律，爲婉約派與格律派之集大成者，開南宋姜夔、張炎一派。王灼將賀鑄與周邦彥並提，認爲世間惟有此二人能得離騷之意，可謂將賀鑄推至崇高之地位。

李清照論詞重音律，強調詞應分五音、五聲，還須分平仄清濁輕重，〔註61〕須入樂而可歌。王灼論詞則重在思想內容與情感表現，不應爲音律所束縛。兩派之詞學主張相互抵制，但賀鑄卻能於相對之詞學觀點中獲得較高之評價，實屬不易，〔註62〕以不同學派

〔註57〕 宋・李清照撰：〈詞論〉，見錄於張璋、職承讓等編：《歷代詞話》，頁12。
〔註58〕 徐安琪：《唐五代北宋詞學思想史論》（北京：人民文學出版社，2007年11月），頁358。
〔註59〕 宋・李清照撰：〈詞論〉，見錄於張璋、職承讓等編：《歷代詞話》，頁13。
〔註60〕 宋・王灼撰：《碧雞漫志》，卷2，見錄於唐圭璋編：《詞話叢編》，冊1，頁84。
〔註61〕 邱世友：《詞論史論稿》（北京：人民文學出版社，2002年1月），頁5。
〔註62〕 參閱鍾振振：《北宋詞人賀鑄研究》（臺北：文津出版社，1994年8月），頁163。

之角度論賀詞，都能找出賀詞脫穎而出之處，可見賀詞具有一定之影響力。

南宋後期張賀詞之地位仍不容小覷，張鎡〈題梅溪詞〉讚譽史達祖之詞曰：

> 蓋生之作，辭情俱到，纖綃泉底，去塵眼中，妥帖輕圓，特其餘事。至於奪苕艷于春景，起悲音於商素，有瓌奇警邁、清新閒婉之長，而無詭蕩汙淫之失，端可以分鑣清眞，平睨方回，而紛紛三變行輩幾不足比數。〔註63〕

張鎡（1153～1235），字時可，後改字功父（又作功甫），號約齋，家本成紀（今天水），寓居臨安（今杭州），其〈題梅溪詞〉是懸出周、賀兩家作爲衡量時人詞章質量之標尺。〔註64〕又劉克莊有〈最高樓〉一詞，題周登樂府曰：「周郎後，直數到清眞。」、「欺賀晏，壓黃秦」，在品評友人周登時，以周邦彥、賀鑄、晏幾道、黃庭堅、秦觀等人作爲評詞之準則，可見賀鑄此時於詞史上仍佔有一席之地。

五、論賀鑄單篇詞作

（一）〈青玉案〉（凌波不過）

此闋詞爲賀鑄名作，歷來詞話多有所討論，李之儀〈題賀方回詞〉論及詞作本事：

> 右賀方回詞，吳女宛轉有餘韻，方回過而悅之，遂將委質焉，其投懷固在所先也。自方回南北垢面蓬首，不復與世故接，卒歲注望，雖傳記抑揚一意不遷者，不是過也，方回每爲吾語，必悵然，恨不即致之。一日暮夜叩門墜簡，始輒異其來非時，果以是見訃，繼出二闋，予嘗報之曰：「已

〔註63〕宋・張鎡：〈題梅溪詞〉，見錄於明・毛晉輯：《宋六十名家詞》（上海：上海古籍出版社，1992 年），頁 196。

〔註64〕參閱鍾振振：《北宋詞人賀鑄研究》（臺北：文津出版社，1994 年 8月），頁 164。

儲一升許淚，以俟佳作。」於是呻吟不絕韻，幾爲之墮睫，
尤物不耐久，不獨今日所艱，予豈木石哉？其與我同者試
一度之。〔註65〕

寫賀鑄豔遇不偶事，此舉於元明清是不善掩人之過，由此可見，宋人
生活情趣之一斑，並可知豔詞何以能直登大雅之堂。〔註66〕李之儀
云：「長短句於遣詞中最爲難工，自有一種風格，稍不如格，便覺齟
齬。」〔註67〕主張詞自成其「風格」，詞的表達和象徵較之其他文學
形式更困難。李之儀論詞以《花間集》爲宗，然多是小闋，至柳永「始
鋪敘展衍，備足無餘，形容盛明千載如逢當日，較之《花間》所集，
韻終不勝，由是知其爲難能也。」〔註68〕亦即認爲柳永作長調，但失
音韻之美，可見強調「韻勝」；又評張先「才不足而情有餘」，是指出
詞之創作需才情兼備。李之儀評詞推崇賀鑄，他從賀鑄的生命態度和
創作實踐的關聯上闡述自己的詞學審美觀。〔註69〕賀鑄與吳女之相
戀，因吳女不幸夭折而天人永隔，因此賀鑄〈青玉案〉一詞寫來悲淒
哀苦，無怪乎李之儀曰「已儲一升許淚」。詞和現實人生密切聯繫，
是生活化的藝術形式，或者說它更貼近世俗化的欲望生存，因此李之
儀讚賞〈青玉案〉這般才情俱佳的作品。

　　黃庭堅特愛賀鑄此闋詞，世曾記載：「山谷嘗手寫所作青王案者，
置之几研間，時自玩味。」〔註70〕因此黃庭堅以一詩記之，宋代詞話
常述其發揚，如王直方《王直方詩話》曰：

〔註65〕宋・李之儀撰：《姑溪居士前集》，卷40，見錄於鄧子勉編：《宋金元
　　　　詞話全編》，上冊，頁134。
〔註66〕朱崇才：《詞話學》（臺北：文津出版社，1995年1月），頁100。
〔註67〕宋・李之儀撰：《姑溪居士前集》，卷40，見錄於鄧子勉編：《宋金元
　　　　詞話全編》，上冊，頁133。
〔註68〕宋・李之儀撰：《姑溪居士前集》，卷40，見錄於鄧子勉編：《宋金元
　　　　詞話全編》，上冊，頁133。
〔註69〕顏翔林：《宋代詞話的美學研究》（長沙：湖南師範大學，2003年5
　　　　月），頁8。
〔註70〕宋・魏慶之撰：《魏慶之詞話》，見錄於唐圭璋編：《詞話叢編》，冊1，
　　　　頁206。

賀方回初作〈青玉案〉詞，遂知名。其間有云：「彩筆新題
斷腸句，只今惟有賀方回。」後山谷有詩云：「少游醉臥古
藤下，誰與愁眉唱一盃。解道江南斷腸句，如今只有賀方
回。」〔註71〕

又如王灼《碧雞漫志》：

賀方回初在錢塘，作〈青玉案〉，魯直喜之，賦絕句云：「解
道江南斷腸句，只今惟有賀方回。」賀集中，如〈青玉案〉
者甚眾。大抵二公（指周邦彥、賀鑄）卓然自立，不肯浪
下筆，予故謂語意精新，用心甚苦。〔註72〕

王灼論詞的審美風格強調藝術的獨創性，〔註73〕賀鑄〈青玉案〉，歷
來和者甚眾，成為賀鑄之代表作，此詞體現其自我風格，因此受王灼
之肯定。又如吳曾，字虎臣，崇仁人，著有《能改齋漫錄》，內容豐
富，共十八卷；載云：

賀方回為青玉案詞，山谷尤愛之，故作小詩以紀其事。

〔註74〕

范成大（1126～1193），《吳郡志》云：

賀鑄，字方回，本越人，後徙居吳之醋坊橋。作吳趨曲，
甚能道吳中古今景物。方回有小築在盤門外十里橫塘，常
扁舟往來，作〈青玉案〉詞，黃太史所謂「解道江南斷腸
句，如今只有賀方回」，即此詞也。〔註75〕

陳應行《陳學士吟窗雜錄》云：

〔註71〕宋・王直方撰：《王直方詩話》，見錄於張惠民編：《宋代詞學資料匯
　　　　編》，頁7。
〔註72〕宋・王灼撰：《碧雞漫志》，卷2，見錄於唐圭璋編：《詞話叢編》，冊
　　　　1，頁86。
〔註73〕顏翔林：《宋代詞話的美學研究》（長沙：湖南師範大學，2003年5
　　　　月），頁91。
〔註74〕宋・吳曾撰：《能改齋漫錄》（臺北：木鐸出版社，1982年5月），卷
　　　　16，頁470。
〔註75〕宋・范成大：《吳郡志》，卷50，見錄於鄧子勉編：《宋金元詞話全編》，
　　　　中冊，頁845～846。

賀方回作〈青玉案〉，其間有云「彩筆新題斷腸句」，其後
有詩云：「解道江南斷腸句，只今惟有賀方回。」〔註76〕

以上文字記載黃庭堅特愛賀鑄此闋詞。

宋代論及〈青玉案〉之詞評除談論詞作本事之外，亦有品評詞作
之語，如楊萬里即作絕句論之。楊萬里（1127～1206），字廷秀，號
誠齋，吉水（今江西吉水）人，著有《誠意齋》，嘗作一詩論賀鑄與
秦觀之詞：

> 斷腸浪說賀方回，未抵秦郎蒨水才。
>
> 欲向湖邊問遺唱，鴛鴦鸚鵡兩相推。

言賀鑄之斷腸句，未能抵過秦觀之詞，秦觀有〈好事近〉（春路雨添
花）一闋，因作「醉臥古藤蔭下，了不知南北」，後卒於藤州（今廣
西藤縣），一語成讖之說為人所傳，使後人常憐惜之，是以楊萬里在
此評斷秦詞優於賀詞。

羅大經則就藝術技巧之角度談賀鑄〈青玉案〉之詞句。羅大經（1196
～1242），字景綸，號儒林，又號鶴林，廬陵（今江西吉安）人，著有
《鶴林玉露》，其理論價值體現在批評觀念方面，他不僅考察詞的審美
意象，更能從鑑賞之角度詮釋詞所隱藏的美學魅力。〔註77〕曾云：

> 詩家有以山喻愁者，杜少陵云「憂端如山來，澒洞不可掇」，
> 趙嘏云「夕陽樓上山重疊，未抵春愁一倍多」，是也。有以
> 水喻愁者，李頎云「請量東海水，看取淺深愁」，李後主云
> 「問君能有幾多愁，恰似一江春水向東流」，秦少游云「落
> 紅萬點愁如海」是也。賀方回云「試問閒愁知幾許，一川
> 煙草，滿城風絮，梅子黃時雨。」蓋以三者比愁之多也，
> 尤為新奇，兼興中有比，意味更長。〔註78〕

〔註76〕宋·陳應行：《陳學士吟窗雜錄》，卷40，見錄於鄧子勉編：《宋金元
詞話全編》，中冊，頁917。

〔註77〕顏翔林：《宋代詞話的美學研究》（長沙：湖南師範大學，2003 年 5
月），頁16。

〔註78〕宋·羅大經撰：《鶴林玉露》（臺北：臺灣開明書局，1968 年 11 月），
卷7，頁8～9。

羅大經對於詩詞中「喻愁」之手法進行細膩的分析，有以山喻愁者，有以水喻愁者，最富有藝術獨創性便是賀鑄之詞句，以三種意象比愁之多，特爲新奇，且具比興之意味，可知羅大經特賞賀鑄審美創造的卓越才華。

（二）〈小重山〉（夢草池南）

李之儀（1048～1128），字端叔，滄州無（今屬山東）人，英宗治平進士，撰有《姑溪居士前集》五十卷，《後集》二十卷。李之儀爲賀鑄好友，二人情誼甚篤。李之儀爲賀鑄詞題跋有〈跋小重山詞〉、〈再跋小重山詞〉、〈題賀方回詞〉、〈跋凌歊引〉四篇，均是殷勤深切，誠懇肺腑，無其它序跋常出現的虛應、仰慕。〔註79〕

〈跋小重山詞〉曰：

> 右六詩托長短句寄〈小重山〉，是譜不傳久矣，張先子野始從梨園樂工花日新度之，然卒無其詞，異時秦觀少遊謂其聲有琴中韻，將爲予寫其欲言者，竟亦不逮。崇寧四年冬，予遇故人賀鑄方回，遂傳兩闋，宛轉紬繹，能到人所不到處，從而和者凡五六篇。獨得遊酢定甫一篇並予所繼者次第之，會沈端卿彥國六人于瑞竹方丈，彥國出此紙，因以識之。諸上善人隨喜作觀，定似天津橋上看弄猢猻，不知忠國師見之如何下語？〔註80〕

此跋敘賀鑄依歌譜寫詞之事，言賀鑄能爲舊譜塡新詞。先言〈小重山〉此一詞不傳久矣，秦觀曾謂此詞之聲情有琴韻，欲塡之卻不逮，至賀鑄方能依譜塡詞，李之儀進一步評賀詞曰「宛轉紬繹，能到人所不到處」，此譜賴賀鑄以傳，因此李之儀肯定賀鑄於音律方面的精深造詣。〔註81〕張耒〈東山詞序〉亦言賀詞「大抵倚聲而爲之，

〔註79〕朱崇才：《詞話學》（臺北：文津出版社，1995年1月），頁100。

〔註80〕宋・李之儀撰：《姑溪居士前集》，卷40，見錄於鄧子勉編：《宋金元詞話全編》，上冊，頁134。

〔註81〕丁放、余恕誠：《唐宋詞概說》（合肥：安徽教育出版社，2002年12月），頁268。

詞皆可歌也。」〔註82〕凡此，皆推許賀鑄審音合樂之功力甚高。

（三）〈凌歊引〉（控滄江）

李之儀〈跋凌歊引〉：

> 凌歊臺表見江左，異時詞人墨客形容藻繪，多發於詩句，而樂府之傳則未聞焉。一日會稽賀方回登而賦之，借〈金人捧露盤〉以寄其聲，於是昔之形容藻繪者奄奄如九泉下人矣。至其必待到而後知者，皆因語以會其境，緣聲以同其感，亦非深造而自得者，不足以擊節。方回又以一時所寓，固已超然絕詣，獨無桓野王輩相與周旋，遂于卒章以申其不得自已者，則方回之人物，茲可量已。〔註83〕

「凌歊」爲一高臺，王象之《輿地紀勝》載「凌歊臺」「在城北黃山之巔。宋孝武大明七年南遊登臺，建離宮。」〔註84〕凌歊臺位於安徽黃山，賀鑄登山臨水，見山川形勝，憶當年宋孝武帝劉駿南遊，於凌歊臺建離宮，當時的佳麗地，如今只剩蒼茫之景，可謂繁華一夢，面對歷史景物之變遷，興起無限感慨，回顧自身即將老去，卻不爲所用而鬱鬱不得志。從李之儀跋語可知，賀鑄〈凌歊引〉一詞緣情而發，詞末云：「量船載酒，賴使君、相對兩胡牀。緩調清管，更爲儂、三弄斜陽。」（《東山詞》，頁119）看似「超然絕詣」，實是借桓伊吹笛之典，以寄託自己懷才不遇，不見賞於當世之沉痛心情。〔註85〕李之儀從「情」之角度賞〈凌歊引〉一詞，更細膩的嗅出賀鑄詞中的沉鬱之感。

〔註82〕宋・張耒：〈東山詞序〉，見錄於金啓華等編：《唐宋詞集序跋匯編》，頁59。

〔註83〕宋・李之儀撰：《姑溪居士前集》，卷40，見錄於鄧子勉編：《宋金元詞話全編》，上冊，頁134～135。

〔註84〕宋・王象之原著，李勇先校點：《輿地紀勝》（成都：四川大學出版社，2005年10月），卷18，頁878。

〔註85〕參閱黃文吉：《北宋十大詞家研究》（臺北：文史哲出版社，1996年3月），頁279。

（四）〈天門謠〉（牛渚天門險）

王灼《碧雞漫志》探究賀鑄〈天門謠〉一詞中「阿濫」之意：

> 《中朝故事》云：「驪山多飛禽，名阿濫堆，明皇御玉笛
> 採其聲，翻為曲子名。左右皆傳唱之，播於遠近，人競以
> 笛效吹。故張祜詩云：『紅樹蕭蕭閣半開，玉皇曾幸此宮
> 來。至今風俗驪山下，村笛猶吹〈阿濫堆〉。』」賀方回〈朝
> 天子〉曲云：「待月上潮平波灩灩，塞管孤吹新〈阿濫〉。」
> 即謂〈阿濫堆〉，江湖閒尚有此聲，予未之聞也。嘗以問
> 老樂工，云屬夾鍾商。按《理道要訣》：天寶諸樂名堆作
> 堆，屬黃鍾羽夾鍾商，俗呼雙調，而黃鍾羽，則俗呼般涉
> 調。然《理道要訣》稱黃鍾羽時號黃鍾商調，皆不可曉也。
> 〔註86〕

此言賀詞〈天門謠〉中的「阿濫」原為驪山飛禽名，明皇御玉笛採其
聲，翻為曲子名，傳唱於世，後舉張祜詩「村笛猶吹〈阿濫堆〉」印證。

（五）〈石州引〉（薄雨初寒）

王灼《碧雞漫志》論及賀鑄詞句多經修改而成：

> 賀方回石州慢，予舊見其稿，「風色收寒，雲影弄晴」改作
> 「薄雨收寒，斜照弄晴」。又「冰垂玉筯，向午滴瀝簷楹，
> 泥融消盡牆陰雪」改作「煙橫水際，映帶幾點歸鴻，東風
> 消盡龍沙雪」。〔註87〕

此乃王灼就切身之經歷，透露賀鑄作詞多經斟酌修訂，賀詞精工之
作，是歷經鍛鍊所致。賀鑄在詩集自序亦言：

> 始七齡，蒙先子專授五七言聲律，日以章句自課，迄元祐
> 戊辰，中間蓋半甲子，凡著之稿者，何啻五六千篇。前此
> 率三數年一閱，故稿為妄作也，即投諸煬竈灰滅。〔註88〕

〔註86〕宋・王灼撰：《碧雞漫志》，卷2，見錄於唐圭璋編：《詞話叢編》，冊
　　　1，頁110。

〔註87〕宋・王灼撰：《碧雞漫志》，卷2，見錄於唐圭璋編：《詞話叢編》，冊
　　　1，頁90。

〔註88〕宋・賀鑄：《慶湖遺老詩集・序》，見錄於王雲五主編：《四庫全書珍
　　　本八集》，頁21。

如此用心爲文，絲毫不苟的認眞態度，使其所作能膾炙人口，歷久不衰。吳曾《能改齋漫錄》則言及詞作本事：

> 賀方回眷一妹，別久，妹寄詩云：「獨倚危欄淚滿襟。小園春色嬾追尋。深恩縱似丁香結，難展芭蕉一寸心。」賀得詩，初敘分別之景色，後用所寄詩成〈石州引〉云：「薄雨初寒，斜照弄晴，春意空闊。長亭柳色纔黃，遠客一枝先折。烟橫水際，映帶幾點歸鴻，東風銷盡龍沙雪。還記出關來，恰而今時節。　將發，畫樓芳酒，紅淚清歌，頓成輕別。已是經年，杳杳音塵都絕。欲知方寸，共有幾許新愁，芭蕉不展丁香結。望斷一天涯，兩厭厭風月。」〔註89〕

是知此首詞詩是賀鑄與歌妓贈答之作，賀鑄之妓能作一詩贈之，因而方有〈石州慢〉之作。

六、指摘賀詞之誤收

《苕溪漁隱詞話》一書以求實的批評態度進行詞家詞作的辯證分析，並糾正以往詞話的錯誤。〔註90〕如卷二提出〈八六子〉「倚危亭，恨如芳草萋萋，劃盡還生」者，見於淮海集，應爲賀方回作。〔註91〕又魏慶之提出〈虞美人〉（波聲拍枕長淮曉）一闋「世傳此是賀方回所作。」山谷云：「大觀中，於金陵見其親筆，醉墨超放，氣壓王子敬，蓋東坡詞也。」〔註92〕

〔註89〕 宋・吳曾撰：《能改齋漫錄》（臺北：木鐸出版社，1982年5月），卷16，頁484。

〔註90〕 顏翔林：《宋代詞話的美學研究》（長沙：湖南師範大學，2003年5月），頁11。

〔註91〕 宋・胡仔撰：《苕溪漁隱詞話》，卷2，見錄於唐圭璋編：《詞話叢編》，冊1，頁177。

〔註92〕 宋・魏慶之撰：《魏慶之詞話》，見錄於唐圭璋編：《詞話叢編》，冊1，頁206。

七、對賀詞提出批評

（一）僅單句佳

胡仔《苕溪漁隱詞話》一書，計有詞話 196 則，不僅收錄前人詩話中詞話之條目，也紀錄自家的詞學觀點。〔註93〕著重於詞的藝術創作與品評鑑賞方面，對於詞的創作也提出頗具價值的見解，如詞的整體美、結構美、形式美和意境美等，嘗論賀詞云：

> 詞句欲全篇皆好，極爲難得。如賀方回「淡黃楊柳帶棲鴉」，秦虛度「藕葉清香勝花氣」二句，寫景詠物，可謂造微入妙，若其全篇，皆不逮此矣。〔註94〕

此段文字首先提出詞句能做到「整體美」極爲難得，後舉出賀詞「淡黃楊柳帶棲鴉」一句，於寫景詠物不失傳神，但卻未能到達「全篇皆好」之境界。

（二）苦少典重

李清照〈詞論〉評賀鑄云：

> 晏苦無鋪敘。賀苦少典重。秦則專主情致，而少故實，譬如貧家美女，雖極妍麗丰逸，而終乏富貴態。黃則尚故實，而多疵病，譬如良玉有瑕，價自減半矣。〔註95〕

李清照讚揚晏、賀、秦、黃四家能知音律，但仍指出四家之缺失，品評賀詞「苦少典重」，是言賀鑄詞作用典過重，因賀鑄善化用他人之句以成自家之詞，李清照將此視爲缺失。

八、引用賀詞之錯誤

趙令時《侯鯖錄》記載：

> 秦少游、賀方回相繼以歌詞知名，少游有詞云：「醉臥

〔註93〕朱崇才：《詞話學》（臺北：文津出版社，1995 年 1 月），頁 103。
〔註94〕宋・胡仔撰：《苕溪漁隱詞話》，卷 1，見錄於唐圭璋編：《詞話叢編》，冊 1，頁 167。
〔註95〕宋・李清照撰：〈詞論〉，見錄於張璋、職承讓等編：《歷代詞話》，頁 13。

古藤陰下，了不知南北。」其後遷謫，卒於藤州光華亭
上。方回亦有詞云：「當年曾到王陵鋪，鼓角秋風，千
歲遼東。回首人間萬事空。」後卒於北門，門外有王陵
鋪云。〔註96〕

《侯鯖錄》舉秦觀、賀鑄之詞與人生遭遇相互印證，以詞作隱喻命運
歸宿，帶有「詞讖」意味。秦觀作詞「醉臥古藤陰下」，而後竟一語
成讖的卒於藤州。然而引賀鑄之詞，實爲李清臣所作。〔註97〕趙令時
《侯鯖錄》一書，記述與評論宋朝人之詩、詞、文集相關軼事，其中
計載蘇軾最多，達三十九則，次爲黃庭堅十一則，歐陽脩七則，張耒
五則，〔註98〕論賀鑄僅一則，且爲誤收之詞，可見對賀鑄之接受程度
甚低。又曾敏行（1118～1175）《獨醒雜志》卷三也載此事，〔註99〕
誤引李清臣之作爲賀詞，是考證不明所致。

第二節　金、元代對賀鑄詞的評騭接受

一、金代對賀鑄詞的評騭接受

金代詞話不如宋代發達，詞壇上一致推崇蘇、辛，提倡雄壯剛健
之風。金代無詞話專著，散見的詞話也較少，主要詞評家爲王若虛、
元好問。金代對賀鑄之評騭接受僅見一則，可見接受程度甚低。王若
虛（1174～1243），字從之，號慵夫、滹南遺老，藁成（今河北）人，
無專門詞學論著，有《滹南遺老集》四十五卷，《宋金元詞話全編》

〔註96〕宋·趙令時：《侯鯖錄》，卷7，見錄於鄧子勉編：《宋金元詞話全編》，
　　　　上冊，頁243。

〔註97〕參閱宋·趙令時撰、孔凡禮點校：《侯鯖錄》，卷7，見錄於《唐宋史
　　　　料筆記叢刊》，頁188～189。

〔註98〕參閱宋·趙令時撰、孔凡禮點校：《侯鯖錄》，卷7，見錄於《唐宋史
　　　　料筆記叢刊》，頁7。

〔註99〕宋·曾敏行：《獨醒雜志》，卷3，見錄於鄧子勉編：《宋金元詞話全
　　　　編》，中冊，頁752。

輯《滹南詩話》三卷，涉及詞之論述共有十餘則。〔註100〕其中考證
賀詞「風頭夢雨吹成雪」句意云：

> 蕭閑云：「風頭夢，吹無跡。」蓋雨之至細，若有若無者，
> 謂之「夢」。田夫野婦皆道之，而雷溪《注》以爲「夢中雲
> 雨」，又曰「雲夢澤之雨」，謬矣。賀方回有「風頭夢雨吹
> 成雪」之句，又云：「長廊碧瓦，夢雨時飄灑。」豈亦如雷
> 溪之說乎？〔註101〕

「風頭夢，吹無跡」爲金人蔡松年之句，蔡松年（1107～1159），字
伯堅，眞定（今河北正定）人，所居鎭陽別墅有蕭閑堂，因自號蕭閑
老人，有《明秀集》，金人魏道明〔註102〕注。王若虛謂「風頭夢」之
「夢」字，指雨之至細，若有若無，非如魏道明《注》以爲是「夢」，
並舉賀鑄「風頭夢雨吹成雪」、「長廊碧瓦，夢雨時飄灑。」兩句，以
證「夢雨」即蒙雨之義。若從聲訓之角度探究，《說文·水部》：「蒙，
微雨也。從水，蒙聲。」蒙有「細微」之義；「蒙」與「夢」皆爲明
母字，明母字多有「不明」義，故「夢雨」應爲「蒙雨」，指迷濛細
雨。然王若虛《滹南遺老集》引賀詞二句，未見收於《東山詞》，或
爲漏收之缺失。〔註103〕

二、元代對賀鑄詞的評騭接受

元代以曲著稱，相形之下，詩歌的表現遠爲遜色。在詩話方面的
著作不多，且成就自然不如宋代。〔註104〕元代詞話約可分爲前後兩
階段，前期作者大多爲宋金舊臣，內容以宋金詞爲論述對象，流露家

〔註100〕參閱方智範等著：《中國詞學批評史》（北京：中國社會科學出版社，
　　　　1994 年 7 月），頁 135。
〔註101〕金·王若虛：《滹南詩話》，卷 3，見錄於鄧子勉編：《宋金元詞話全
　　　　編》，下冊，頁 1799。
〔註102〕魏道明，晚年居雷溪，號雷溪子。
〔註103〕黃文吉：《北宋十大詞家研究》（臺北：文史哲出版社，1996 年 3 月），
　　　　頁 275。
〔註104〕顧俊：《詩話與詞話》（臺北：木鐸出版社，1987 年 7 月），頁 41。

國滅亡之悲。中後期之詞話，主要以儒家「詩教」為思想基礎，倡風雅比興，強調詞之功能與價值，認為詞的功用需益於人心教化。〔註105〕元代詞話論及賀詞者，僅見於方回《瀛奎律髓》、楊維楨《東維子集》、祝誠《蓮堂詩話》、王博文《天籟集》、張之翰《西巖集》五部詞話，相較於宋、金兩代對賀詞之接受，不如宋代接受程度之高，但優於金代；元代詞論對賀詞之接受呈現對立觀點，依論述分為以下五端。

（一）賀詞光芒勝於詩

方回（1227～1307），字萬里，一字淵甫，號虛谷，別號紫陽山人，歙縣（今安徽）人，著《瀛奎律髓》，是一部集詩選、詩格、詩話為一體的名著，嘗云：

> 張子野、賀方回，以長短句尤有聲，故世人或不知其詩。
> 〔註106〕

張先和賀鑄二人皆以詞著稱，張先以「三影」之句聞名，因此獲得「張三影」之稱號。〔註107〕而賀鑄之〈青玉案〉則為千古名作，歷代品評、和韻之作不計其數。二人在「詩」之表現上，《全宋詩》僅收張先詩二十五首；賀鑄尚有《慶湖遺老集》，凡九卷，由於詞之光芒勝於詩，二人多以詞聞名於世，因此方回謂「世人或不知其詩」。

〔註105〕 朱崇才：《詞話學》（臺北：文津出版社，1995年1月），頁124～125。

〔註106〕 元・方回：《瀛奎律髓》，卷16，見錄於鄧子勉編：《宋金元詞話全編》，下冊，頁1850。

〔註107〕 所謂「三影」之句，詞論中眾說紛紜，可歸納為三種說法。其一指「雲破月來花弄影」、「嬌柔懶起，簾押殘花影」、「柳徑無人，墮風絮無影」三句，見於阮閱《詞話總龜》引《古今詩話》、陳師道《後山詩話》、曾慥《類說》、陳應行《吟牕雜錄》。其二指「雲破月來花弄影」、「浮萍破處見三影」、「無數楊花過無影」三句，見於談鑰《嘉泰吳興志》、王象之《輿地紀勝》。其三指「浮萍破處見三影」、「雲破月來花弄影」、「隔牆送過鞦韆影」三句，見於陳思《兩宋名賢小集・張都官集》。參閱夏婉玲：《張先詞接受史》（臺南：國立成功大學中文所碩士論文，2011年6月），頁143～144。

（二）賀才子妙絕一世

楊維楨（1296～1370），字廉夫，號鐵崖，又號鐵笛道人，山陰（今浙江紹興）人，著有《東維子集》、《鐵崖古樂府》，其〈沈生樂府序〉之樂府是指曲，[註108]但有論賀鑄詞一節：

> 張右史嘗評賀方回樂府，謂其肆口而成，不待思慮雕琢，又推其極至，華如遊金、張之堂，冶如攬嬙、施之袪，幽潔如屈、宋，悲壯如蘇、李，具是四工夫，豈可以肆口而成哉？蓋肆口而成者，情也。具四工者，才也。情至，而此賀才子妙絕一世。[註109]

楊維楨對張耒〈東山詞序〉評賀鑄詞提出不同看法，認爲張耒評之「華」、「冶」、「幽潔」、「悲壯」，此爲「四工夫」，非如張耒所謂可以「肆口而成」，能到達此境界是由於「情」之所至，具此四工，故爲「才」也，因此認爲賀鑄才情兼備，妙絕一世。

（三）稱賀鑄爲「賀梅子」

祝誠《蓮堂詩話》：

> 賀方回作〈青玉案〉詞，有「梅子黃時雨」之句。士大夫以其句工，稱爲賀梅子。[註110]

賀鑄以〈青玉案〉一詞廣爲人所道。該詞末句云：「若問閑情都幾許？一川煙草，滿城風絮，梅子黃時雨。」世人因其句工，故稱之爲「賀梅子」。

（四）批賀詞哇淫氣弱

張之翰（？～1296），字周卿，晚號西巖老人，邯鄲人，有《西巖集》，嘗云：

[註108] 陶然：《金元詞通論》（上海：上海古籍出版社，2001 年 7 月），頁 390。

[註109] 元・楊維楨：《東維子文集》，卷 1，見錄於鄧子勉編：《宋金元詞話全編》，下冊，頁 2142。

[註110] 元・祝誠：《蓮堂詩話》，見錄於鄧子勉編：《宋金元詞話全編》，下冊，頁 1887。

> 留連光景足妖態,悲歌慷慨多雄姿。秦、晁、賀、晏、周、
> 柳、康,氣骨漸弱孰綱維?〔註111〕

此絕句評秦觀、晁補之、賀鑄、晏殊父子、周邦彥、柳永、康與之等
人之詞「氣骨弱」。又王博文(1223~1288)《天籟集‧序》云:

> 樂府始於漢,著於唐,盛于宋。大概以情致爲主,秦、晁、
> 賀、晏,雖得其體,然哇淫靡曼之聲勝。東坡、稼軒矯之
> 以雄詞英氣,天下之趨向始明。〔註112〕

《天籟集》爲白樸詞集,王博文於序中批評秦觀、晁補之、賀鑄、晏
殊父子的柔媚詞風爲「哇淫靡曼」之聲;提倡蘇軾、辛棄疾雄豪之詞。
宋金人對於淫詞仍是較爲寬容,至元代成爲轉捩點,此時社會生活中
淫風大熾,在思想上卻是理學佔上風;作爲淫風之反彈,思想文化界
對於淫風漸漸採取嚴厲態度。〔註113〕然而觀賀鑄之詞並非全爲婉媚
之作,如〈六州歌頭〉(少年俠氣)氣勢奔放,流露愛國熱情;〈小梅
花〉(縛虎手)縱酒放歌,哀傷英雄失路;〈天門謠〉(牛渚天門險)
以史爲鏡,感嘆歷史興亡。賀詞之題材豐富,風格多樣,非專爲婉約
之詞。

第三節　明代對賀鑄詞的評騭接受

　　明代詞學由於花草之風不合乎儒家詩教,因此人稱詞亡於明;但
明代的詞學研究領域卻涉及廣泛,如詞譜和詞韻專書均產生於明代,
明之詞話也未中斷,明人論詞著述之數量超越宋、金、元三代。〔註
114〕明代中期出現詞話專著,如陳霆《渚山堂詞話》、楊愼《詞品》

〔註111〕　元‧張之翰:《西巖集》,卷3,見錄於鄧子勉編:《宋金元詞話全編》,
　　　　　下冊,頁1933。
〔註112〕　元‧王博文:《天籟集》序,見錄於鄧子勉編:《宋金元詞話全編》,
　　　　　下冊,頁1891。
〔註113〕　朱崇才:《詞話學》(臺北:文津出版社,1995年1月),頁333。
〔註114〕　參閱方智範等著:《中國詞學批評史》(北京:中國社會科學出版社,
　　　　　1994年7月),頁153。

等，在詞話各條目間的系統性和條理性皆有一定之進步。明代筆記方面，逐步轉向小說及小品發展，在論詞上不如兩宋之豐富，常見之治詞者如《堯山堂外紀》等，筆記中之詞話常拾人牙慧，但作爲時人詞學觀之反映，仍有一定之貢獻，〔註115〕亦可作爲接受史之研究材料。此外，明代詞籍的出版量，在總集、別集、選集上皆蔚爲大觀，明代主要選集爲《草堂詩餘》系列之詞集，如沈際飛《古香岑草堂詩餘》書中有所品評；又如楊慎《詞林萬選》、卓人月、徐士俊《古今詞統》、茅暎《詞的》、陸雲龍《詞菁》等皆爲評選本，亦可作爲研究資料。全面蒐羅各家評論，整理賀鑄於明代的評騭接受可分作三個接受面向，爲「論賀鑄之軼聞」、「賀鑄詩詞皆工」、「品評單篇詞作」。

一、論賀鑄之軼聞

　　脫脫《宋史》卷四百四十三記載賀鑄其人其事，幾乎完全自葉夢得〈賀鑄傳〉而來。《宋史》所增者，爲其號作解：

> 自言唐諫議大夫知章之後，且推本其初，出王子慶忌，以慶爲姓，居越之湖澤，所謂鏡湖者，本慶湖也，避漢安帝父清河王諱，改爲賀氏，慶湖亦轉爲鏡，當時不知何所據。故鑄自號慶湖遺老，有《慶湖遺老集》二十卷。〔註116〕

賀鑄，自稱遠祖居山陰，唐著名詩人賀知章之後裔，以知章居慶湖，故自號慶湖遺老。而慶湖改名爲鏡湖，是避漢安帝父清河王諱。

　　張昶，字景春，著《吳中人物志》，及吳地人物之言行成書，其中卷十記載賀鑄之生平性格，是以程俱〈鑑湖遺老詩序〉爲本。張昶亦曾記載：「賀鑄、焦白以豪俠稱。」〔註117〕《吳中人物志》記焦白：

〔註115〕　朱崇才：《詞話學》（臺北：文津出版社，1995 年 1 月），頁 126～129。

〔註116〕　元・脫脫：《宋史》（臺北：新文豐出版公司，1975 年 6 月），卷 443，頁 5315。

〔註117〕　明・張昶：《吳中人物志》（臺北：臺灣學生書局，1969 年 12 月），頁 406。

「字任道淮人，遷於吳，才志不羈。」〔註118〕是將賀鑄與焦白並提，認為兩人皆以豪俠著稱。

二、賀鑄詩詞皆工

單宇《菊坡叢話》云：

賀方回少爲武吏，換文資，善長短句。〔註119〕

清·沈雄《古今詞話·詞評》云：

堯山堂外紀曰：方回步爲武弁，以定力寺一絕句，見奇於舒王，如名當世。詩文咸高古可法，不特工於長短句。〔註120〕

沈雄引明人蔣一葵《堯山堂外紀》之語，言賀鑄有〈重游鍾山定林寺〉一詩云：「破冰泉脈漱籬根，壞衲遥疑掛樹猿。蠟屐舊痕尋不見，東風先爲我開門。」〔註121〕王安石極愛之，故蔣一葵認爲賀鑄詩文皆高，不獨工於詞；然賀鑄之詞名光芒仍勝於詩，後人論賀鑄較多關注其詞。又如胡應麟《詩藪》、郎瑛《七修類稿》皆論及賀詩被詞名所掩之現象。胡應麟（1551～1602），字元瑞，後更字明瑞，號少室山人，蘭溪（今浙江）人。其《詩藪》云：

宋諸人詩掩於文者，宋景文、蘇明允、曾子固、晁無咎；掩於詞者，秦太虛、張子野、賀方回、康與之。〔註122〕

又郎瑛《七修類稿》論及賀鑄曰：

南豐文名重於詩名，故爲之掩耳，猶張子野、賀方回以長短句馳名之故。〔註123〕

〔註118〕 明·張昶：《吳中人物志》（臺北：臺灣學生書局，1969 年 12 月），頁 393。

〔註119〕 明·單宇：《菊坡叢話》，見錄於《中國詩話珍本叢書》（北京：北京圖書館，2004 年），冊 9，頁 375。

〔註120〕 清·沈雄撰：《古今詞話·詞評上卷》，收於唐圭璋編：《詞話叢編》，冊 1，頁 985。

〔註121〕 宋·賀鑄：《慶湖遺老詩集》，拾遺，見錄於王雲五主編：《四庫全書珍本八集》，頁 21。

〔註122〕 明·胡應麟：《詩藪》（臺北：正生書局，1973 年 5 月），頁 300。

〔註123〕 明·郎瑛：《七修類稿》，見錄於《筆記小說大觀》（臺北：新興書局，1978 年），冊 33，頁 460。

兩人皆認爲賀詞之名過響，因此詩名受詞名所掩，未能彰顯。

三、品評單篇詞作

（一）沈際飛《古香岑草堂詩餘》

　　沈際飛輯《古香岑草堂詩餘》對詞作多有品藻，收賀詞 14 闋，僅〈減字浣溪沙〉（宮錦袍熏）一闋未有品評，其餘詞作沈際飛皆有眉批，多就賀鑄寫作技巧作評語。如評〈減字浣溪沙〉（鷺外紅銷）曰：「淡黃句與秦虛度『藕葉清香勝花氣』，寫景詠物，造微入妙。」是「知我者其天乎一般口氣」；評〈橫塘路〉「若問閑情都幾許？一川煙草，滿城風絮，梅子黃時雨」曰：「疊寫三句閑愁眞絕唱」；評〈望湘人〉（厭鶯聲到枕）首三句云：「鶯目聲而到枕，花何氣而動簾，可稱葩藻，厭字嶙峋。」又曰：「厭鶯而幸燕，文人無賴」；評〈薄倖〉（豔眞多態）「便認得」兩句：「識英雄俊眼兒」；評「輕顰微笑嬌無奈」一句云：「無奈是嬌之神」；評〈攤破浣溪沙〉（錦韉朱絃）曰：「好模好樣」；評〈望揚州〉（鐵甕城高）曰：「切題」；評〈南歌子〉（斗酒纔供淚）曰：「翻李詞『只恐雙溪舴艋舟，載不動許多愁。』驚人」；評〈憶秦娥〉（曉朦朧）曰：「無深意，獨是像唐調，不像宋調。」此外，沈際飛評李煜〈虞美人〉（春江花月）一詞曾曰：

　　　　詞家以山喻愁，以水喻愁，皆人情。「落紅萬點愁如海」、「一
　　　　江春水向東流」，以水喻愁也。方回云「試問閑愁多幾許，
　　　　一川烟草，滿城風絮，梅子黃時雨」，兼花木喻愁之多，更
　　　　新特。

此段文字評論詞家之寫作技巧，言歷來詞人常以山水比喻愁緒，評李煜「一江春水向東流」、秦觀「落紅萬點愁如海」兩句，皆爲以水喻愁，而舉賀鑄〈橫塘路〉一闋，以自然之花木喻愁，更爲新奇特殊。

　　沈際飛亦從風格之角度評析賀詞，如評〈雁後歸〉（巧翦合歡）「豔歌淺笑笑拜嫣然。願郎宜此酒。行樂駐華年。」三句爲：「嬌媚逼來讀者神醉」；評「人歸落雁後。思發在花前」兩句：「在天地中有限」；評

〈減字浣溪沙〉（鸚鵡驚人）「烏鵲橋邊河絡角，鴛鴦樓外月西南。門前嘶馬弄金銜。」曰：「俗化雅，更簡遠」；評〈吹柳絮〉（月痕依約）「初未識愁」二句：「飛過東牆不肯歸，絮誠似郎」；又評「閑倚繡簾吹柳絮」二句：「妾似堤邊絮還非的語」；評〈惜餘春〉（急雨收春）上片為「騷瑣」；評「年年游子惜餘春，春歸不解招游子」二句是「曲而通」；評「留恨城隅，關情紙尾。闌干長對西曛倚」曰：「窈窕」。

（二）茅暎《詞的》

茅暎《詞的》錄賀詞四闋，僅對〈橫塘路〉（凌波不過）作評語曰：「煞語爽然」，是特別欣賞此闋詞爽然之語。

（三）楊慎《詞品》

楊慎，字用修，號升庵，著有《詞品》六卷，附拾遺一卷，共三百二十餘則，是有詞話以來篇幅之最。〔註124〕內容主要追溯調名緣起，記唐五代至明代詞家故實、品評詞作、辨正訛脫，但理論觀點較少闡發。〔註125〕言及賀鑄〈天門險〉中的典故緣由：

> 宋賀方回長短句云：「待月上潮平波灩，塞管孤吹新阿濫。」
> 中朝故事云：驪山多飛鳥，名阿濫堆，明皇採其聲為曲子。
> 又作鷃爛堆。〔註126〕

對於「阿濫」之典故，宋代王灼《碧雞漫志》中已有論述，楊慎是沿襲宋人詞話之說。此外楊慎《詞品》評〈減字浣溪沙〉（鷲外紅銷）曰：

> 此詞句句綺麗，字字清新，當時賞之，以為花間、蘭畹不及，信然。近見玉林詞選，首句二字作樓角，非也。樓角與鷲外，相去何啻天壤。〔註127〕

〔註124〕 朱崇才：《詞話學》（臺北：文津出版社，1995 年 1 月），頁 127。
〔註125〕 參閱方智範等著：《中國詞學批評史》（北京：中國社會科學出版社，1994 年 7 月），頁 153。
〔註126〕 明・楊慎撰：《詞品》，卷 1，見錄於唐圭璋編：《詞話叢編》，冊 1，頁 429。
〔註127〕 明・楊慎撰：《詞品》，卷 4，見錄於唐圭璋編：《詞話叢編》，冊 1，頁 483。

先是評此闋詞的風格特色，賞賀詞之綺麗清新；後為辨證詞中之句，認為黃昇《唐宋諸賢絕妙詞選》中收賀鑄〈減字浣溪沙〉一闋，「鷺外」作「樓角」，美感境界是天壤之差。又論及〈太平時〉（秋盡江南）云：

> 賀方回作太平時一詞，衍杜牧之詩也。其詞云：「秋盡江南葉未凋。晚雲高。青山隱隱水迢迢。接亭皋。二十四橋明月夜，咩蘭橈。玉人何處教吹簫。可憐宵。」按此則牧之本作「葉未凋」。今妄改作「草木凋」，與上下意不相接矣。幸有此可正其誤。〔註128〕

言及賀詞衍自杜牧之詩，以杜牧詩本作「草未凋」為證，糾正今人不該妄改作「草木凋」；明代詞選中，陳耀文《花草粹編》卷二收賀鑄此闋詞，即作「秋盡江南草木凋」。觀杜牧〈寄揚州韓綽判官〉詩曰：「青山隱隱水迢迢，秋盡江南草木凋；二十四橋明月夜，玉人何處教吹簫。」〔註129〕賀鑄是更易杜詩之「草木凋」而作「葉未凋」。

（四）卓人月、徐士俊《古今詞統》

卓人月、徐士俊《古今詞統》收賀詞 10 闋，對其中兩闋作品評，分別從作詞技巧與詞句考證方面著筆。賀詞〈瑞鷓鴣〉（月痕依約）有詞句：「閑倚繡簾吹柳絮。問人何似冶遊郎。」《古今詞統》評云：「他人以絮比郎，便有許多怨意，此卻以謔浪出之。」〔註130〕認為賀鑄是以戲謔之口吻以絮比郎。又《古今詞統》亦對〈浣溪沙〉（鷺外紅綃）詞句辨云：「鷺外或作樓角，相去天壤。」〔註131〕徐士俊與楊慎之觀點相同，皆主張賀詞應作「鷺外紅綃」。

〔註128〕　明·楊慎撰：《詞品》，卷 1，見錄於唐圭璋編：《詞話叢編》，冊 1，頁 442。

〔註129〕　清·清聖祖御定：《全唐詩》（臺北：文史哲出版社，1987 年 12 月），冊 8，頁 5982。

〔註130〕　明·徐士俊：《古今詞統》，卷 7，見錄於張璋、職承讓等編：《歷代詞話》，頁 421。

〔註131〕　明·徐士俊：《古今詞統》，卷 4，見錄於張璋、職承讓等編：《歷代詞話》，頁 390。